視て語る王朝散文選

An Anthology of Japanese Court Prose in the Imperial Period—Beheld and Recounted

小山 利彦
Toshihiko Koyama
原 豊二
Toyoji Hara
編著

園山 千里
Senri Sonoyama
菅原 郁子
Ikuko Sugawara
著

和泉書院

表紙写真

表：上　紫宸殿《ししんでん》内の高御座《たかみくら》

（京都御所。小山利彦撮影）

下　斎王代御禊《さいおうだいごけい》

（上賀茂神社。小山利彦撮影）

裏：唐楽《からがく》の舞・青海波《せいがいは》

（天理大学雅楽部。小山利彦撮影）

はじめに――『視て語る王朝散文選』を読む人のために――

小山利彦
原　豊二

延暦《えんりやく》十三年（七九四年）、都は山城《やましろ》の国に遷《うつ》って、平安京と称されました。明けた初春には「新京楽　平安楽土　万年春」と唱和する唐風な行事・踏歌《とうか》によって祝われ、平安時代は始発します。嵯峨《さが》天皇・仁明《にんみよう》天皇・宇多《うだ》天皇・醍醐《だいご》天皇・一条《いちじよう》天皇、賜姓源氏としては源融《とおる》・源高明《たかあきら》、権勢は藤原氏として良房《よしふさ》・基経《もとつね》・師輔《もろすけ》・兼家《かねいえ》・道隆《みちたか》・道長《みちなが》・頼通《よりみち》ら、女性では皇后定子《ていし》・中宮彰子《しようし》・大斎院選子《だいさいいんせんし》内親王周辺で、王朝文化・文学が花開いています。

本著の特長は、王朝文学（平安文学）を歴史・文化・風景との関連でとらえている点です。また、フィールドワークを含む平安空間の研究や国際的研究を基盤にしています。ですから、研究調査・ゼミ研修・海外への普及などに必携の内容でもあります。

『大和物語』『源氏物語』『枕草子』『大鏡』からそれぞれ八・九場面を選び、注と解説とコラムを付けました。以下はその担当者です。

『大和物語』　原　豊二
『源氏物語』　菅原郁子
『枕草子』　小山利彦
『大鏡』　園山千里

底本には小学館「新編日本古典文学全集」版を用いています。また、コラムについては本著の趣旨に沿ったもので、京都のみならず広く世界的な視野による内容となっています。また、画像についてもオリジナルのものを多く用いました。本著のタイトル「視て語る」とは、このようなことをわかりやすく表したものです。

王朝文学はともすると学校の教室や書物の世界の枠内で、その鑑賞を終わらせてしまいがちです。けれども、それではあまりに寂しく、またもったいなくはないでしょうか。実際に作品の描かれた現地に出向いて、その世界を堪能することから、王朝文学の魅力はさらに花開くのだと言えます。『大和物語』は歌物語というジャンルではありますが、説話のような章段もあり、その舞台は大きな広がりを持っています。『源氏物語』を書いた紫式部は、漢籍に精通していた父為時《ためとき》が、学問を継承する男子であったらと残念がるほどの才能に恵まれていました。そうした経験が、『源氏物語』という作品の基盤になっていることは言うまでもありません。清少納言は『後撰《ごせん》和歌集』の撰者・清原元輔《もとすけ》の娘で、和歌の家に生まれた才人でした。宮中で女房生活を楽しみ、旅も好きな女性でした。『枕草子』の章段には、そうしたことがよく表れています。『大鏡』は中国の史書の紀伝体という形式をとりながら、歴史上の人物の説話的なおもしろさが表現されています。これらの四つの作品は王朝文学の中でも、特に視野が広く、深淵で重厚なものと言ってよいでしょう。

王朝文学を理解するためには、宮中行事や有識《ゆうそく》故実《こじつ》などの知識も必要です。こうした知識もまた書物の世界を越えて、王朝貴族たちの重要な体験的営みでした。そこで行われる儀式は彼らの実生活そのものであり、神事や仏事と関わりつつ、王朝世界の秩序や価値体系を体現していました。現代人の感覚とは異なるリアリティーが、ここには強く存在したと言えるでしょう。

本著では国際性についても重きを置きました。コラムのうち数点がこれに関わります。加えて、各種の画像は海外での王朝文学の享受者を意識したものでもあります。たとえ日本語が読めなくても、何らかのインスピレーションを与えるものと考えています。海外の方々が本著を契機に、王朝文学の世界に触れてもらえるのであれば、何よりも嬉しいです。

地域を巡り、フィールドワークをすること。これから始まる読者の方々の貴重で有意義な体験を想像しつつ、本著の案内といたします。

目次

凡例

一、本書は、『大和物語』『源氏物語』『枕草子』『大鏡』の本文を抜粋し、「脚注」「コラム」を新たに執筆し、大学・一般用のテキストとして、海外を含む様々な教育・学習の場で使用できるよう編集企画した。
二、本文と脚注について
①本文の底本は以下の通りである。
『大和物語』…『新編日本古典文学全集⑫』（小学館、一九九四）所収、高橋正治校注・訳『大和物語』
『源氏物語』…『新編日本古典文学全集⑳〜㉕』（小学館、一九九四〜一九九八）所収、阿部秋生・秋山虔・今井源衛・鈴木日出男校注・訳『源氏物語①〜⑥』
『枕草子』……『新編日本古典文学全集⑱』（小学館、一九九七）所収、松尾聰・永井和子校注・訳『枕草子』
『大鏡』………『新編日本古典文学全集㉞』（小学館、一九九六）所収、橘健二・加藤静子校注・訳『大鏡』
②本文については、紙幅の都合や本書の趣意を考慮し、編者によって適宜本文・ルビなどを改めた箇所がある。
③脚注は各作品の担当者による。
三、掲載作品の本文を除き、漢字は原則として通行字体を用いた。
四、本書に使用した写真・図版について、使用をご許可いただいた各機関または個人に厚く御礼申し上げる。

大和物語

原　豊二

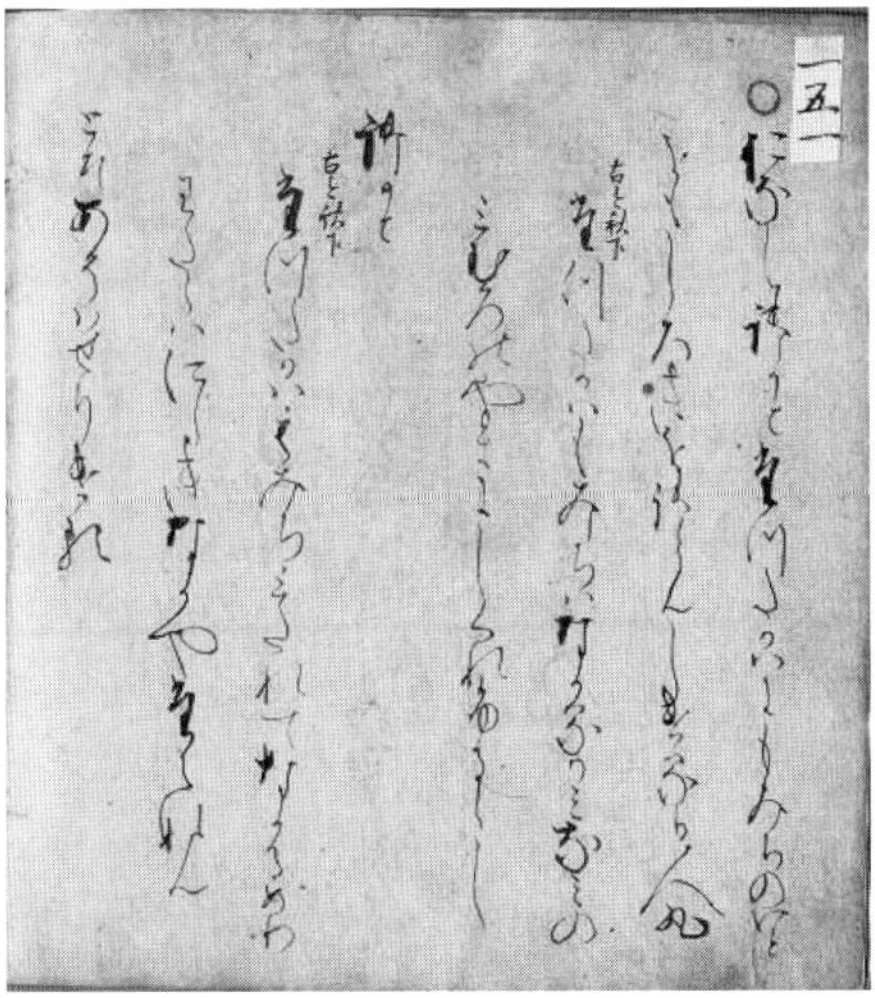

『大和物語』支子文庫本
（九州大学附属図書館所蔵）

①亭子の院（一段～二段）―宇多天皇の退位―

亭子《ていじ》[1]の帝《みかど》、いまはおりゐ[2]させたまひなむとするころ、弘徽殿《こきでん》[3]の壁に、伊勢《いせ》の御《ご》[4]の書きつけける。

（伊勢の御）
わかるれどあひも惜《を》しまぬももしき[5]を見ざらむことのなにか悲しき

とありければ、帝《みかど》、御覧じて、そのかたはらに書きつけさせたまうける。

（亭子の帝）
身[6]ひとつにあらぬばかりをおしなべてゆきめぐりてもなどか見ざらむ

となむありける。

※

帝、おりゐたまひて、またの年の秋、御《み》[7]ぐしおろしたまひて、ところどころ山ぶみ[8]したまひて行《おこな》ひたまひけり。備前《びぜん》[9]の掾《じよう》にて、橘《たちばな》[10]の良利《よしとし》といひける人、内[11]におはしましける時、殿上《てんじやう》にさぶらひける、御《み》ぐしおろしたまひければ、やがて御ともに、かしらおろしてけり。人にも知られたまはで歩《あり》きたまうける御ともに、これなむおくれたてまつらでさぶらひける。「[12]かかる御歩《あり》きしたまふ、いとあしきことなる」とて、内より、「少将《せうしやう》、中将《ちゆうじやう》、これかれ、さぶらへ」とて奉《たてまつ》れたまひけれど、たがひ[13]つつ歩きたまふ。和泉《いづみ》の国《くに》にいたりたまうて、日根《ひね》[14]といふ所におはします夜《よ》あり。いと心ぼそうかすかにておはしますことを思ひつつ、いと悲しかりけり。さて、「日根といふことを歌によめ」とおほせごとありければ、この良利大徳《だいとく》、

1 宇多天皇（八六七～九三一）。
2 譲位すること。
3 清涼《せいりやう》殿の北、中宮などがいるところ。
4 女性歌人の伊勢。三十六歌仙の一人で、家集に『伊勢集』がある。御は敬称。
5 宮中。この歌は壁に書かれたものである。
6 自分だけが帝ではないことをいう。
7 剃髪し、出家すること。
8 山歩きをし、仏道の修行をされるということ。
9 備前は現在の岡山県中東部。掾は守《かみ》・介《すけ》につぐ地方官の三等官。
10 碁の名手。出家名は寛蓮。ここでは宇多天皇の近習として描かれている。
11 宇多天皇が在位中に、の意。
12 以下、宮中から宇多の院へのお諫めの言。
13 宮中から派遣された人とは会わないで。
14 現在の大阪市泉佐野市。

（橘良利）
ふるさとの[15]たびねの夢に見えつるは恨《うら》みやすらむ[16]またととはねば

とありけるに、みな人泣きて、えよまずなりにけり。その名をなむ寛蓮大徳《くわんれんだいとく》といひて、のちまでさぶらひける。

15「たびね（旅寝）」に「日根」が詠み込まれている。隠題歌。

16 故郷に消息をしていないので。

京都御所・紫宸殿《ししん》全景（撮影：原 豊二）

現在の京都御所は安政２年（1855）の再建。明治２年（1869）まで天皇が居住し、公務・儀式を行なった場所である。本文中の「弘徽殿」は、平安御所の後宮「七殿五舎」の一つである。

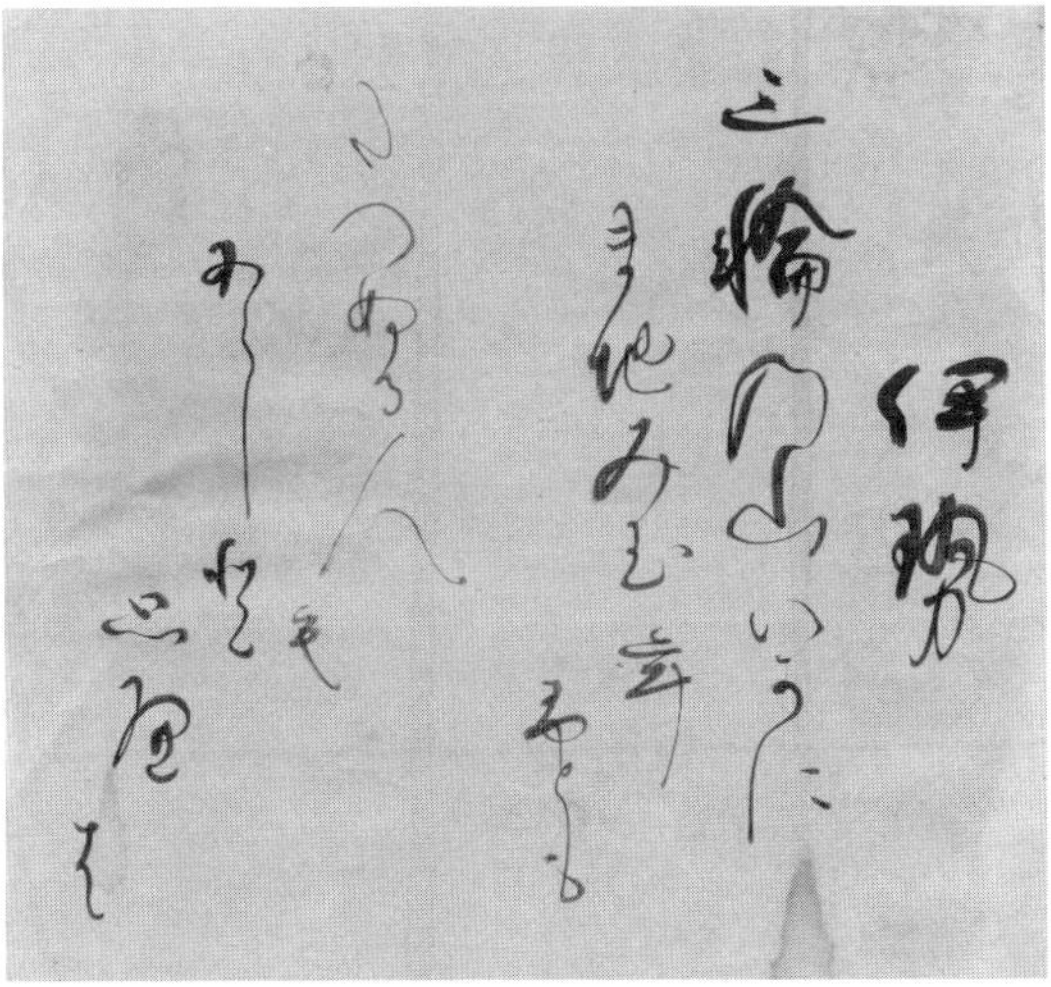

『三十六歌仙和歌』伊勢（個人蔵）

江戸時代前期、米子（鳥取県）の商人であった竹内時安斎の書写。三十六歌仙に関わる資料は数たくさん残されているが、伊勢もその一人として受容された。

②兼盛（五六段〜五八段）―恋と旅の顛末―

越前《ゑちぜん》[1]の権守兼盛《ごんのかみかねもり》、兵衛《ひやうゑ》[2]の君《きみ》といふ人にすみけるを、年ごろはなれて、またいきけり。さてよみける。

（兼盛）[3]夕されば道も見えねどふるさとはもと来《こ》し駒《こま》にまかせてぞゆく

女、返《かへ》し、

（兵衛の君）[4]駒にこそまかせたりけれはかなくも心の来《く》ると思ひけるかな

※

近江《あふみ》の介平《すけたひら》の中興《なかき》[5]が、むすめをいといたうかしづきけるを、親なくなりてのち、とかくはふれ[6]て、人の国にはかなき所にすみけるを、あはれがりて、兼盛がよみておこせたりける。

（兼盛）[7]をちこちの人目まれなる山里に家居《いへゐ》せむとはおもひきや君《きみ》

とよみてなむおこせたりければ、見て返りごともせで、よよとぞ泣きける。女もいみじうらうある[8]人なりけり。

※

おなじ兼盛、陸奥《みち》の国《くに》にて、閑院《かんゐん》[9]の三のみこの御むすこにありける人、黒塚《くろづか》[10]といふ所にすみけり。そのむすめどもにおこせたりける。

（兼盛）[11]みちのくの安達《あだち》が原《はら》の黒塚に鬼《おに》こもれりと聞くはまことか

1三十六歌仙の一人。歌人、平兼盛。　2堤中納言・藤原兼輔の兄である兼茂の娘。　3『後撰和歌集』巻一三・恋五・九七八にある歌。ただし初句は「夕やみは」。なお、「夕されば」は、夕方になればの意。　4同じく『後撰和歌集』巻一三・恋五・九七九にある。ただし三句は「あやなくも」。　5平中興は桓武天皇の曽孫。和漢兼作の人物か。　6放浪する、漂泊する。　7『後撰和歌集』巻一六・雑二・一一七二にある歌。　8経験を積み、知識の豊かな人。　9清和天皇皇子・貞元親王（閑院）の第三子の、さらにその息子。　10現在の福島県安達郡安達原にある。　11『拾遺和歌集』巻九・雑下・五五九にある歌。鬼女伝説を詠んだものか。　12適切な年齢になったら。　13井出は、現在の京都府綴喜郡の井出で山吹の名所。ここでは女を山吹にたとえている。　14宮城県名取郡にある温泉をいう。　15恒忠は諸説あるも不詳。　16『拾遺和歌集』巻七・物名・三八六（『拾遺和歌集』では詠者は兼盛）にある歌。ただし、初句は「おぼつかな」。三句・四句に「名取の御湯」が詠み込まれた隠題歌。　17兼盛はもと皇族であるため、このような表記になるか。　18「あま」に「海人」と「天」を掛ける。また、「とり」に「漁《すなど》り」と「鳥」を掛ける。こちらも四句・五句に「名取の御湯」を隠している。　19兼盛とは違う別の男。　20おみやげ。

といひたりけり。かくて、「そのむすめをえむ」といひければ、親、「まだいと若くなむある。いまさるべからむをりにを[12]」といひければ、京にいくとて、山吹《やまぶき》につけて、

（兼盛）[13]花ざかりすぎもやするとかはづなく井手《ゐで》の山吹うしろめたしも

といひけり。

かくて、名取《なとり》[14]の御湯《みゆ》といふことを、恒忠《つねただ》[15]の君《きみ》の妻《め》よみたりけるといふなむ、この黒塚のあるじなりける。

（恒忠の君の妻）[16]大空の雲のかよひ路《ぢ》見てしかなとりのみゆけばあとはかもなし

となむよみたりけるを兼盛のおほきみ[17]聞きて、おなじ所を、

（兼盛）[18]塩竈《しほがま》の浦にはあまや絶えにけむなどすなどりの見ゆる時なき

となむよみける。

さて、この心かけしむすめ、こと男《をとこ》[19]して、京にのぼりたりければ、聞きて、兼盛、「のぼりものしたまふなるを告げたまはせで」といひたりければ、「井手の山吹うしろめたしも」といへりける文《ふみ》を、「これなむ陸奥の国のつと[20]」とておこせたりければ、男、

（兼盛）年を経《へ》てぬれわたりつる衣手《ころもで》を今日《けふ》の涙にくちやしぬらむ

といへりける。

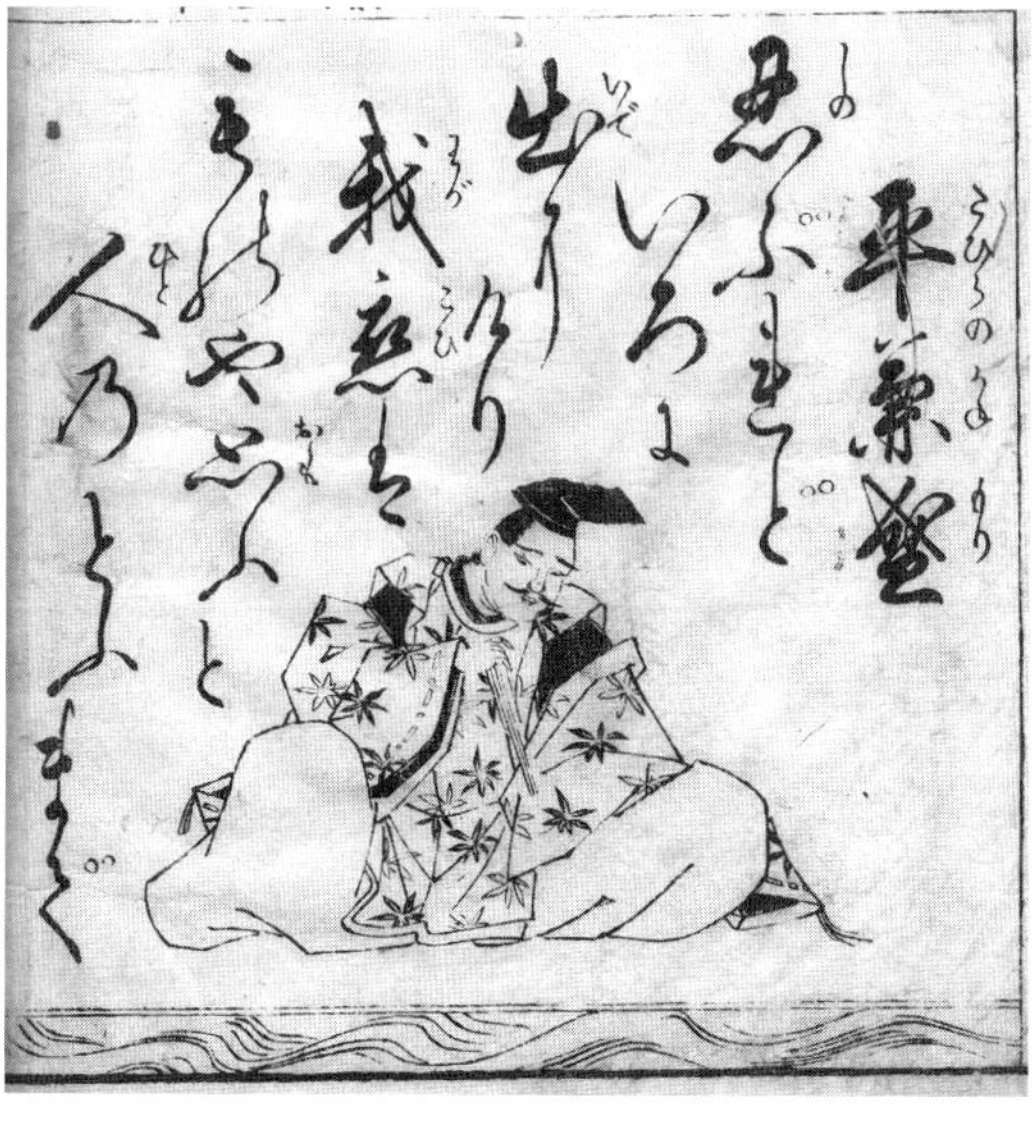

『栄花百人一首吾妻鑑《あづまかがみ》』から平兼盛
（個人蔵）
江戸時代の版本に見られる兼盛の姿。本文で描かれる陸奥国は王朝文学のフロンティアである。古くは蝦夷《えみし》が台頭し、大和朝廷を苦しめた。多賀《たが》城の設置、奥州藤原氏の支配を経て、徐々に中央支配に組み込まれていく。

③檜垣の御・筑紫なりける女（一二六段～一三〇段）―伝説の老女を追う―

[1]筑紫《つくし》にありける檜垣《ひがき》の御《ご》といひけるは、いとらうあり、[2]をかしくて世《よ》を経《へ》たる者になむありける。年月かくてありわたりけるを、[3]純友《すみとも》がさわぎにあひて、家も焼けほろび、物の具もみなとられはてて、いみじうなりにけり。かかりとも知らで、[4]野《や》大弐《だいに》、[5]討手《うて》の使《つかひ》に下《くだ》りたまひて、それが家のありしわたりをたづねて、「檜垣の御といひけむ人に、いかであはむ。いづくにかすむらむ」とのたまへば、「このわたりになむすみはべりし」など、ともなる人もいひけり。「あはれ、かかるさわぎに、いかになりにけむ。たづねてしかな」とのたまひけるほどに、かしら白き[6]おうなの、水くめるなむ、前よりあやしきやうなる家に入《い》りける。ある人ありて、「これなむ檜垣の御」といひけり。いみじうあはれがりたまひて、よばすれど、恥《は》ぢて来《こ》で、かくなむいへりける。

（檜垣の御）
[7]むばたまのわが黒髪《くろかみ》は白川《しらかは》のみづはくむまでなりにけるかな

とよみたりければ、あはれがりて、着たりける[8]袙《あこめ》ひとかさねぬぎてなむやりける。

※

また、おなじ人、[9]大弐《だいに》の館《たち》にて、秋の紅葉《もみぢ》を、よませければ、

（檜垣の御）
[10]鹿《しか》の音《ね》はいくらばかりのくれなゐぞふりいづるからに山のそむらむ

※

1遊女の名前。北九州に住んでいたか。

2様々なことに経験を積んでいるさま。

3藤原純友の乱。天慶《てんぎょう》の乱とも。天慶二年から四年（九三九～九四一）。

4小野好古《よしふる》（八八四～九六七）のこと。

5天慶三年（九四〇）正月、山陽道追捕使《ついぶし》に任じられる。

6嫗。老女のこと。

7「むばたまの」は「黒」にかかる枕詞。「白」は「白川」と「白髪」を掛け、また「みづはくむ」は「水は汲む」と「瑞歯《みづは》（再び生える老人の歯）ぐむ」を掛ける。老境の自分を嘆く内容。

8男子では直衣《のうし》・束帯姿の際に単《ひとえ》の上、下襲《したがさね》の下に着るもの。

9大宰の大弐の官邸。

10「ふりいづる」は本来、虫・鳥などが声高く鳴くこと。ここでは、鹿の音に用いていて、「紅を水に降り出して染める」の意を掛ける。

11風流な人々
12詠みづらい短歌の下の句。

13海の中に立っている牡鹿は。

14「そこ」に「其処」と「底」を掛ける。秋の山辺がそこの水底に映ってそう見えるのでしょうか。

15檜垣の御とは別人のようだが、その連想によるものであろう。

16三句切れ。約束した月末までに男が来ないことを恨む。

17「あき」に「秋」と「飽き」を掛ける。「秋風」は男の比喩で、「花すすき」は自身の比喩。「まづそむくら

む」は自分が最初からそっぽを向く
気持ちを表す。

この檜垣の御、歌をなむよむといひて、[11]すき者ども集りて、[12]よみがたかるべき
末《すゑ》をつけさせむとて、かくいひけり。

（すき者ども）[13]わたつみのなかにぞ立てるさを鹿《しか》は

とて、末をつけさするに、

（檜垣の御）[14]秋の山べやそこに見ゆらむ

とぞつけたりける。

※

[15]筑紫なりける女、京に男をやりてよみける。

（筑紫なりける女）[16]人を待つ宿《やど》はくらくぞなりにける契《ちぎ》りし月のうち
に見えねば

となむいへりける。

※

これも、筑紫なりける女、

（筑紫なりける女）[17]秋風の心やつらき花すすき吹きくるかたをまづそ
むくらむ

『大和物語絵』檜垣の御（林原美術館所蔵。画像提供：林原美術館／DNPartcom）
初代岡山藩主・池田光政自筆の詞書に、岡山藩絵師の狩野幽直が絵を描いたもの。中に描かれる老婆が檜垣の御である。近代以前の『大和物語』の絵画作品は稀少である。

④玉淵がむすめ（一四六段）―遊女の歌と帝の涙―

[1]亭子《ていじ》の帝《みかど》、[2]鳥飼院《とりかひのゐん》におはしましにけり。例のごと、[3]御遊びあり。「このわたりの[4]うかれめども、あまたまゐりてさぶらふなかに、声おもしろく、よしあるものは侍《はべ》りや」と問《と》はせたまふに、うかれめ[5]ばらの申すやう、「[6]大江《おほえ》の玉淵《たまぶち》がむすめと申す者、めづらしうまゐりて侍り」と申しければ、見せたまふに、さまかたちも清《きよ》げなりければ、あはれがりたまうて、うへに召《め》しあげたまふ。「そもそもまことか」など問はせたまふに、[7]鳥飼といふ題を、みなみな人々によませたまひにけり。おほせたまふやう、「玉淵はいとらうありて、歌などよくよみき。この鳥飼といふ題をよくつかうまつりたらむにしたがひて、まことの子とはおもほさむ」とおほせたまひけり。うけたまはりて、すなはち、

[8]あさみどりかひある春にあひぬればかすみならねどたちのぼりけり
（玉淵がむすめ）

とよむ時に、帝、ののしりあはれがり[9]たまて、[10]御しほたれたまふ。人々もよく酔《ゑ》ひたるほどにて、酔ひ泣き[11]いとになくす。帝、御袿《うちき》ひとかさね、はかま[12]たまふ。「ありとある上達部《かんだちめ》、みこたち、四位五位、これに物ぬぎてとらせざらむ者は、座《ざ》より立ちね」とのたまひければ、かたはしより、上下《かみしも》みな[13]かづけたれば、かづきあまりて、ふた間《ま》ばかり積みてぞおきたりける。かくて、かへりたまふとて、[14]南院《なんゐん》の七郎君《しちらうぎみ》といふ人ありけり、それなむ、このうかれめのすむあたりに、家つくりてすむと聞《きこ》し

1 宇多天皇。
2 摂津国鴨下郡所在の離宮。現在の大阪府摂津市三島町鳥飼にあった。
3 管絃の遊び。
4 遊女。
5 人物について複数を表す語。
6 平城《へいぜい》天皇の子が阿保《あぼ》親王、その孫が大江音人《おとんど》。玉淵はその音人の子である。玉淵にとって在原業平は大叔父にあたる。
7 宇多天皇は「鳥飼」という題でみなに歌を詠ませたのである。
8 初句・二句に「とりかひ」を隠す。私は霞ではないが、御殿にのぼることができたの意。
9 「たまひて」の短縮形。
10 涙を流される。
11 二つとなく。このうえなく。
12 下賜すること。
13 禄として与えること。
14 光孝天皇の皇子である是忠親王を「南院」という。その第七男をいうが諸説あって定まらない。
15 訪れては世話をしていたという。

めして、それになむ、のたまひあづけたる。「かれが申さむこと、院に奏《そう》せよ。院よりたまはせむ物も、かの七郎君につかはさむ。すべてかれにわびしきめな見せそ」とおほせたまうければ、つねになむとぶらひかへりみける。

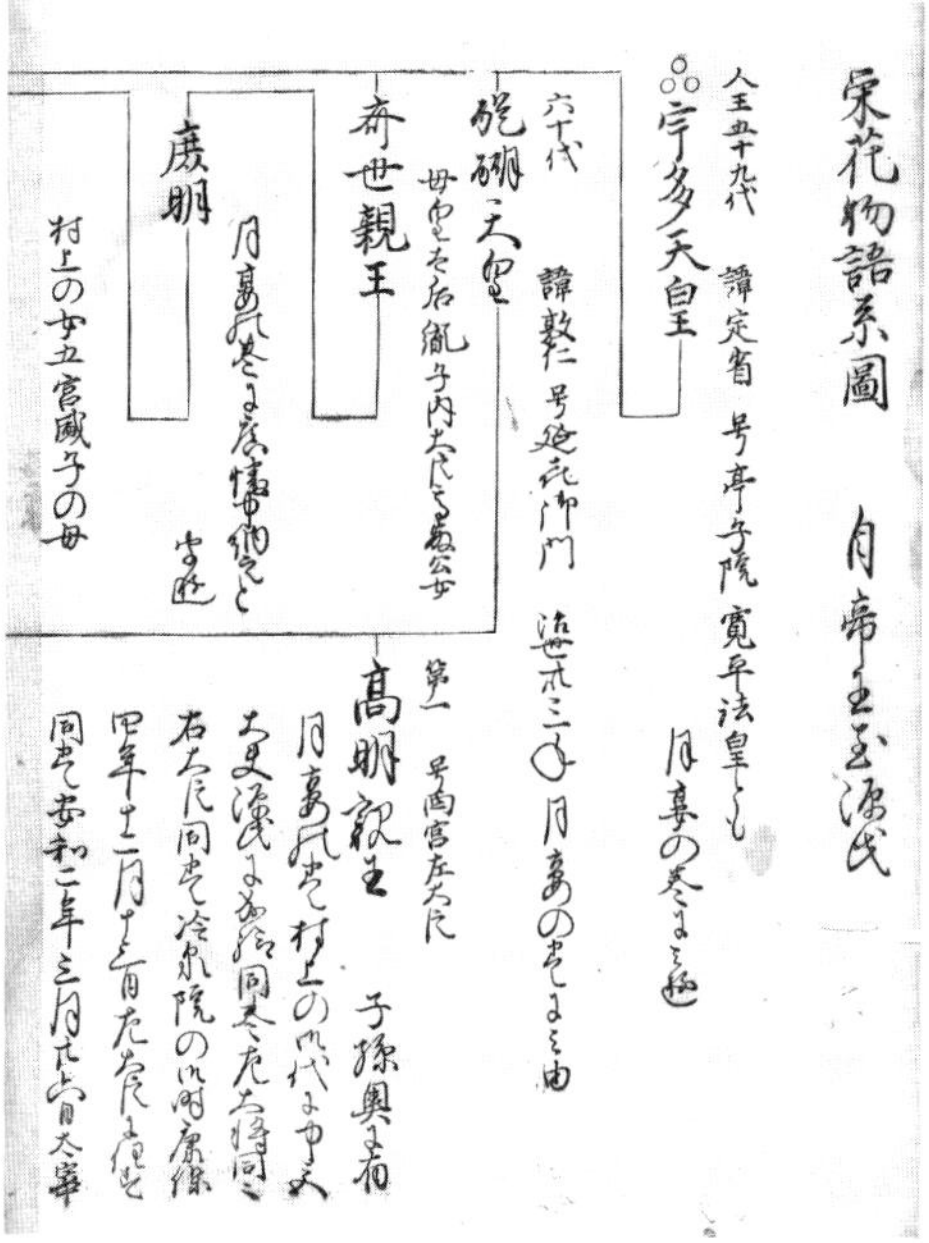

『栄花物語系図』（個人蔵）
『栄花物語』は亭子の帝（宇多天皇）の紹介から始まる（月の宴）。宇多は一度源氏姓を賜い臣籍降下されたが、後に即位した。『日本三代実録』『類聚国史』を編纂させ、また『寛平御時菊合《かんぴょうのおおんときききくあわせ》』や『寛平御時后宮《きさいのみや》歌合』などを開き、多数の歌人を生み出した。

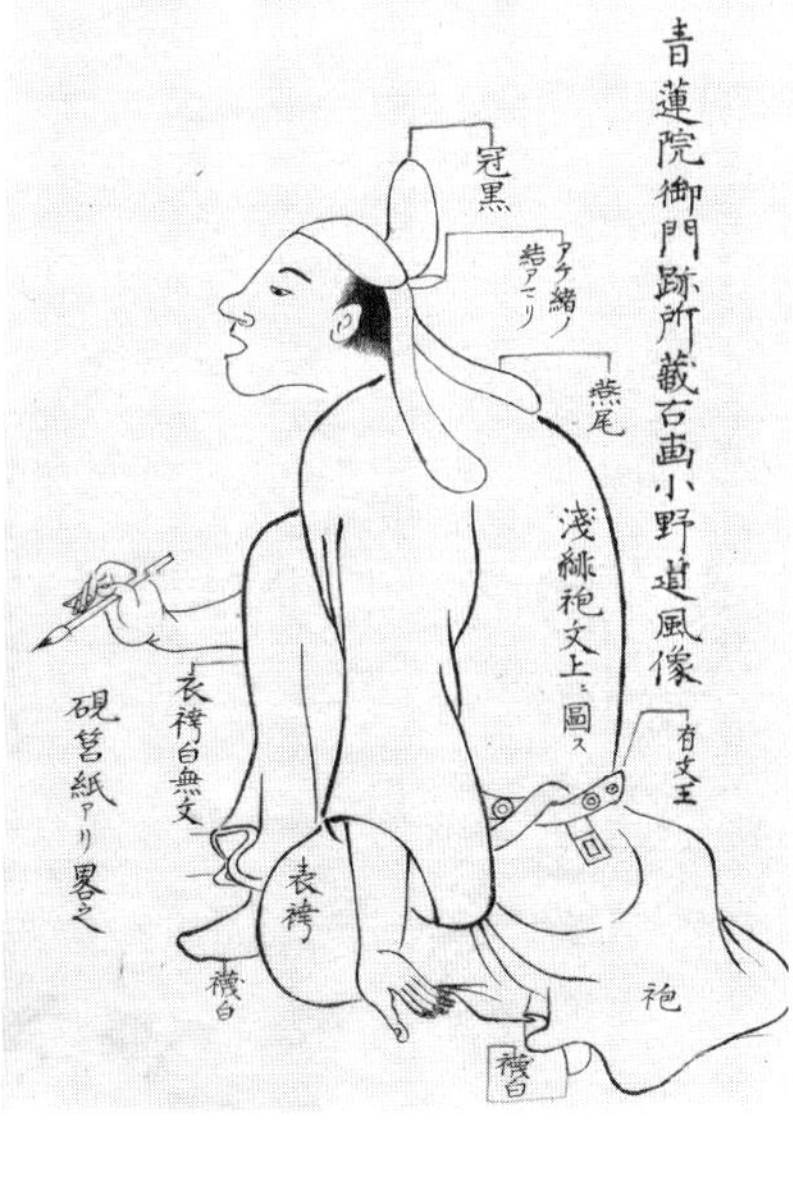

青蓮院御門跡所蔵古画小野道風《とうふう》像（個人蔵）
文化２年（1805）写・伊勢貞丈著『菅像弁《かんぞうべん》』に所収される小野道風像。平安時代の男性装束を知る上で参考になる。本文では宇多天皇をはじめ貴顕たちが「玉淵がむすめ」に装束を与える。

コラム——王朝文学における都《みやこ》と鄙《ひな》

王朝文学（平安文学）の舞台は、大きく「都」と「鄙」とに分かれる。また、その「都」と「鄙」はそれぞれ「みやび」と「ひなび」という美的観念を呼び込んでいる。王朝文学は「都」と「鄙」の往還的な交わり・関わりによって、その文学世界を拡大し、そこで新たな場面生成と人物造型とを生み出したのである。

もう少し具体的に見ていこう。『伊勢物語』は冒頭から「いちはやきみやび」が語られるが、男の実際の活動は「奈良の京、春日の里」である。新たな都である平安京に対して、旧都である平城京は忘れ去られたのではなかったようだ。平安時代の「都」とは、古代大和王権の旧都を飲み込む形で成り立っていたのだと考えた方がよい。

『伊勢物語』は続いて「東下《あづまくだ》り」章段を描き、その起点は「身をえうなきもの」に思った人物の住む「都」である。「むかし男」たちは旅を通じて「鄙」との往還を果たした。一方、紀貫之の『土佐日記』は土佐から「都」への帰路を描いたものである。これが描く海上世界はそれを知らない平安貴族たちにとって大きな刺激になったに違いない。同様に「都」への帰路を描いたものに菅原孝標女《すがわらのたかすえのむすめ》の『更級日記』がある。律令制による中央集権政治の下、平安貴族たちの帰るべきところは「都」であり続けた。

『源氏物語』では光源氏が須磨、そして明石へとその身を移した。須磨は摂津国だが、明石は播磨国である。畿内とされる摂津国から、畿外の明石への脱出は政治的に大きな意味を持つ。また、玉鬘《たまかずら》の姫君は筑紫で育ち、後に光源氏の六条院に迎えられる。宇治十帖の浮舟は東国の育ちであった。『源氏物語』は積極的に地方社会を描いたが、その根底には地方官である受領《ずりよう》たちの営みがあった。紫式部は父藤原為時《ためとき》とともに越前に滞留していた時期があり、また消息などで各地の友人とやりとりをしていたと見られる。

『堤中納言物語』にある物語、「よしなしごと」は地域ごとの物産品の紹介にもなっている。このような趣向の萌芽は、すでに『枕草子』の類聚的章段（「〜は」章段）に見られよう。平安貴族が好んで用いた「歌枕」は、あくまで詠歌のためのものであり、その地方を実際に見聞したものではない。しかし、彼らにとっては「鄙」の光景を自身の精神世界に取り込むことも必要であった。彼らの生きた平安王朝は列島国家であり、決して都市国家ではなかったからだ。

『うつほ物語』に登場する神南備種松《かんなびのたねまつ》は紀伊国の富豪である。『源氏物語』の明石入道も蓄財に励んだ。『今昔物語集』巻二六第一七には、後に芥川龍之介の『芋粥』のもとになった越前国の富者が見られる。「鄙」にも豊かさがあり、それを求める人々も決して少なくなかった。

もちろん「鄙」にも多様性はある。旧都の多い大和国、皇祖神を祀る神社のある伊勢国、国防と貿易の要である筑前国、蝦夷《えみし》との接点でもあった陸奥国《みちのくに》など、その国家的な役割はそれぞれに重要であった。平安文学を単に「京都の地方文学」として捉えてはいけない。

（原　豊二）

平城宮第一次大極殿（復元）（撮影：原　豊二）
平安宮が現在の京都市街に埋もれたのとは対照的に、平城宮は長く耕作地として埋もれていた。そのため、現地での復元が可能である。ここでは古代王権のあり様を体感できる。

⑤生田川（一四七段）―同じような男二人―

むかし、津《つ》[1]の国《くに》にすむ女ありけり。それをよばふ[2]男ふたりなむありける。ひとりはその国にすむ男、姓《しやう》は[3]うばらになむありける。いまひとりは和泉《いづみ》[4]の国《くに》の人になむありける。姓はちぬ[5]となむいひける。かくてその男ども、としよはひ、顔かたち、人のほど、ただおなじばかりなむありける。（中略）親ありて、「かく見ぐるしく年月《としつき》を経《へ》て、人の嘆きをいたづらにおふもいとほし。ひとりひとりにあひなば、いまひとりが思ひは絶えなむ」といふに、女、「ここにもさ思ふに、人の心ざしのおなじやうなるになむ、思ひわづらひぬる。さらばいかがすべき」といふに、そのかみ、生《いく》[6]田《た》の川《かは》のつらに、女、平張《ひらばり》[7]をうちてゐにけり。かかれば、そのよばひ人どもを呼びにやりて、親のいふやう、「たれもみ心ざしのおなじやうなれば、このをさなき者なむ思ひわづらひにてはべる。今日《けふ》いかにまれ、このことを定《さだ》めてむ。あるは遠き所よりいまする人あり。あるはここながらそのいたつき[8]かぎりなし。これもかれもいとほしきわざなり」といふ時に、いとかしこくよろこびあへり。「申さむと思ひたまふるやうは、この川に浮きてはべる水鳥を射たまへ。それを射あてたまへらむ人に奉《たてまつ》[9]らむ」といふ時に、「いとよきことなり」といひて射るほどに、ひとりは頭《かしら》のかたを射つ。いまひとりは、尾のかたを射つ。そのかみ、いづれといふべくもあらぬに、思ひわづらひて、

1 摂津国。現在の兵庫県と大阪府にまたがる地域。
2 求婚する。
3 兎原。現在の芦屋市を中心とした地域。
4 現在の大阪府南部。
5 血沼。和泉国の南部地方の古名。
6 現在の神戸市にある。
7 屋根部分を平らに張った幕。
8 苦労が大変なこと。
9 娘を差し上げましょう。

（津の国にすむ女）
10 すみわびぬわが身投げてむ津《つ》の国《くに》の生田《いくた》の川は名のみなりけり

とよみて、この平張《ひらばり》は川にのぞきてしたりければ、づぶりとおち入りぬ。親、あわてさわぎののしるほどに、このよばふ男ふたり、やがておなじ所におち入りぬ。ひとりは足をとらへ、いまひとりは手をとらへて死にけり。（以下略）

10 初句と二句の二箇所で切れる。「いくた」に「生田」と「生く」を掛ける。

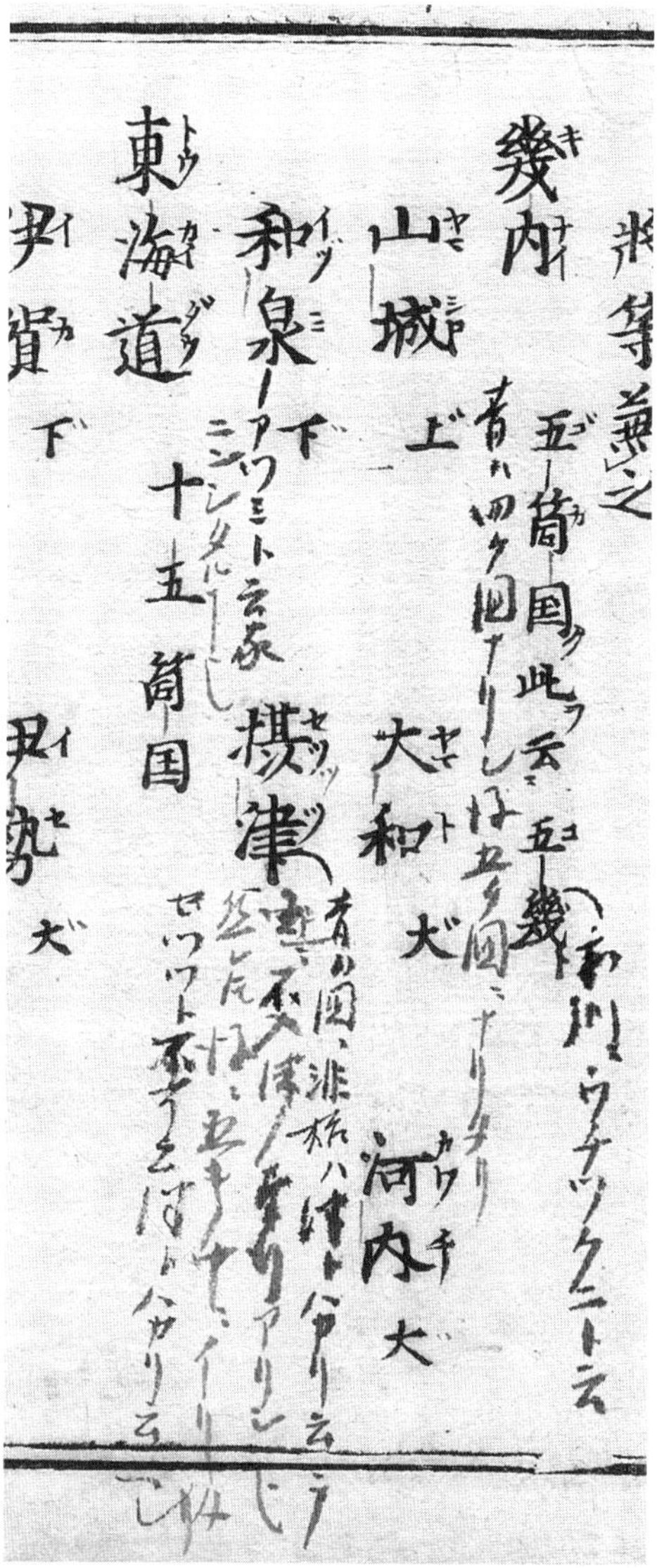
畿内 五箇国
山城 上
大和 大
河内 大
和泉 下
摂津
東海道 十五箇国
伊賀 下
伊勢 大

延宝七年（1679）刊『職原抄』下巻（個人蔵）
北畠親房《きたばたけちかふさ》著の有識故実書である。「摂津」の下部の書き入れには、本来は「津」というのが正しい旨の記載がある。本章段は津の国と和泉の国の男どうしによる妻争い伝説であるが、一般には生田川伝説と呼ばれることが多い。隣接する両国の争いのようにも読める。

⑥蘆刈《あしかり》（一四八段）―貧しさと恥じらい―

津《つ》の国《くに》の難波《なには》[1]のわたりに家《いへ》してすむ人ありけり。あひ知りて年ごろありけり。女も男も、いと下種《げす》[2]にはあらざりけれど、年ごろわたらひ[3]などもいとわろくなりて、家もこぼれ、使ふ人なども徳[4]ある所にいきつつ、ただふたりすみわたるほどに、さすがに下種にもあらねば、人にやとはれ、使はれもせず、いとわびしかりけるままに、思ひわびて、ふたりいひけるやう、「なほいとかうわびしうては、えあらじ」、男は、「かくはかなくてのみいますかめる[5]を見捨てては、いづちもいづちも、えいくまじ」、女も、「男を捨ててはいづちかいかむ」とのみいひわたりけるを、男、「おのれは、とてもかくても経《へ》なむ。女のかく若きほどに、かくてあるなむ、いといとほしき。京にのぼり、宮仕《みやづか》[6]へをもせよ。よろしきやうにもならば、われをもとぶらへ。おのれも人のごともならば、かならずたづねとぶらはむ」など泣く泣くいひ契《ちぎ》りて、たよりの人にいひつきて、女は京に来《き》にけり。さしはへ[7]いづこともなくて来たれば、このつきて来《こ》し人のもとにゐて、いとあはれ、と思ひやりけり。前に荻《をぎ》すすき、いとおほかる所になむありける。風など吹けるに、かの津《つ》の国《くに》を思ひやりて、「いかであらむ」など、悲しくてよみける。

（女）ひとりして[8]いかにせましとわびつればそよとも前の荻ぞ答《こた》ふる

となむひとりごちける。


1現在の大阪市とその周辺。

2身分の低い者ではなかったが。

3生業。暮らし向き。

4裕福なところ。

5「いますかめる」の「る」が撥音便化し「ん」となり、それを表記しない形式。

6ここでは、貴人の家などに仕えることをいう。

7「さしはふ」は、わざわざすること、特に目指すこと。ここでは副詞として使われ、特にどこを目指すということでもなく、の意。

8「そよ」が、荻の葉に吹く風の音と「そよ（そうですよ）」と頷くことを掛ける。

さて、とかう女さすらへて、ある人の[9]やむごとなき所に宮《みや》たてたり。さて宮仕《みやづか》へしありくほどに、装束《さうぞく》清《きよ》げにし、[10]むつかしきことなどもなくてありければ、いと清げに顔かたちもなりにけり。かかれど、かの津の国をかた時も忘れず、いとあはれと思ひやりけり。たより人に、[11]文《ふみ》つけてやりたりければ、「さいふ人も聞《きこ》えず」など、いとはかなくいひつつ来《き》けり。わが[12]むつましう知れる人もなかりければ、心ともえやらず、いとおぼつかなく、「いかがあらむ」とのみ思ひやりけり。[13]（以下略）

9 身分の高い人の所。

10 ここでは経済的な労苦をいう。

11 手紙をことづけること。

12 気心の知れる人。

13 その後、貴人の北の方になった女は、難波で男を見つけることとなるが、その姿は貧しい蘆刈に変わり果てていた。そのことを恥じて逃げた男は、最後に歌を書いて女に贈った。それを見て女は涙するが、そのまま一人都に戻っていった。

『大和物語絵』蘆刈（林原美術館所蔵。画像提供：林原美術館／DNPartcom）
後に再会した男と女（車の中にいる）であったが、恥ずかしさのため逃げる男の姿が描かれている。零落する男の姿がせつない。

⑦ならの帝（一五〇段〜一五一段・一五三段）―入水の女と人麻呂―

むかし、ならの帝《みかど》[1]に仕《つか》うまつるうねべ[2]ありけり。顔かたちいみじう清《きよ》らにて、人々よばひ、殿上人《てんじやうびと》などもよばひけれど、あはざりけり。そのあはぬ心[3]は、帝をかぎりなくめでたきものになむ思ひたてまつりける。帝召《め》してけり。さてのち、またも召さざりければ、かぎりなく心憂《こころう》しと、思ひけり。夜昼《よるひる》、心にかかりておぼえたまひつつ、恋しう、わびしうおぼえたまひけり。帝《みかど》は召《め》ししかど、こととも[4]おぼさず。さすがに、つねには見えたてまつる。なほ世《よ》に経《ふ》まじき心地《ここち》しければ、夜《よる》、みそかにいでて、猿沢《さるさは》[5]の池《いけ》に身を投げてけり。かく投げつとも、帝はえしろしめさざりけるを、ことのついでありて、人の奏《そう》しければ、聞しめしてけり。いといたうあはれがりたまひて、池のほとりにおほみゆき[6]したまひて、人々に歌よませたまふ。かき[7]のもとの人麻呂《ひとまろ》、

（人麻呂）[8]わぎもこがねくたれ髪を猿沢の池の玉藻《たまも》と見るぞかなしき

とよめる時に、帝、

（ならの帝）[9]猿沢の池もつらしなわぎもこが玉藻かづかば水ぞひなまし

とよみたまひけり。さて、この池に墓《はか》[10]せさせたまひてなむ、かへらせおはしましけるとなむ。

※

1第五一代天皇の平城《へいぜい》天皇をいう。　2采女。各国から容姿端麗な者を選び、宮中に奉仕させた。　3このうねべが、殿上人も含めた多くの人物に求婚されたが、それを断った真意。　4とりたててうねべを気にとめることがない。　5現在の奈良市・興福寺の裏にある池。　6行幸。帝がお出掛けになる。　7万葉歌人の柿本人麻呂とはまた別の人物か。　8『拾遺和歌集』巻二〇・哀傷・一二八九にある歌。「ねくたれ髪」は寝て乱れた髪。　9二句切れ。女が頭に玉藻をかぶって池の下にいるのならば、池の水も干上がってしまえばよいのに、の意。　10墓をつくらせなさる。　11奈良県の生駒山中から流れる川。　12『拾遺和歌集』巻四・冬・二一九にある歌。二句切れ。　13『古今和歌集』巻五・秋下・二八三に「よみ人しらず」としてある歌。三句切れ。紅葉の中を渡ったら、その錦が真ん中で切れてしまうだろうか、の意。　14嵯峨天皇、五二代。　15東宮。皇太子。　16『類聚国史』巻三一・天皇行幸下にある歌だが、若干異同がある。「君」は平城帝に対していう。　17こちらも『類聚国史』巻三一・天皇行幸下にある歌。両歌とも実際に歌われたのであろう。「むべ」は本当に、なるほどの意。この後、薬子《くすこ》の変があり、両帝は対立する。

おなじ帝、[11]龍田川《たつたがは》の紅葉《もみぢ》、いとおもしろきを御覧じける日、人麻呂、

（人麻呂）[12]龍田川もみぢ葉流る神《かん》なびのみむろの山にしぐれ降るらし

帝、

（ならの帝）[13]龍田川もみぢみだれてながるめりわたらば錦《にしき》なかや絶えなむ

とぞあそばしたりける。

※

ならの帝、位《くらゐ》におはしましける時、[14]嵯峨《さが》の帝は[15]坊《ばう》におはしまして、よみたてまつりたまうける。

（嵯峨の帝）[16]みな人のその香《か》にめづるふぢばかま君のみためと手折《たを》りたる今日《けふ》

帝、御返《かへ》し、

（ならの帝）[17]折《を》る人の心にかよふふぢ
ばかまむべ色ことににほ
ひたりけり

猿沢の池（撮影：原　豊二）
現在の猿沢の池。奈良・興福寺の裏にあり、観光地化され、市民や観光客の憩いの場になっている。

平城天皇陵（撮影：原　豊二）
平城天皇の陵墓である。平城宮跡に隣接する、もとからあった古墳に造営されたものか。退位した平城上皇は都を再び平城京へ戻すことを画策するが、失敗に終わる。

⑧姨捨《おばすて》（一五六段）―更級山と男の後悔―

信濃《しなの》[1]の国《くに》に更級《さらしな》といふ所に、男すみけり。若き時に、親は死にければ、をば[2]なむ親のごとくに、若くよりそひてあるに、この妻《め》の心憂《こころう》きことおほくて、この姑《しうとめ》の、老いかがまりてゐたるを、つねに憎みつつ、男にもこのをばの御心《みこころ》のさが[3]なくあしきことをいひ聞かせければ、むかしのごとくにもあらず、おろか[4]なることおほく、このをばのためになりゆきけり。このをば、いといたう老いて、ふたへ[5]にてゐたり。これをなほ、この嫁《よめ》、ところせがり[6]て、今まで死なぬことと思ひて、よからぬことをいひつつ、「もていまして、深き山に捨てたうびてよ」とのみ責めければ、責められわびて、さしてむと思ひなりぬ。月のいとあかき夜《よ》、「嫗《おうな》ども、いざたまへ。寺にたうとき[7]わざすなる、見せたてまつらむ」といひければ、かぎりなくよろこびて負《お》はれにけり。高き山のふもとにすみければ、その山にはるはると入《い》りて、高き山の峰の、おり来《く》べくもあらぬに、置きて逃げて来《き》ぬ。「やや」といへど、いらへもせで、逃げて家に来て思ひをるに、いひ腹立《はらだ》てけるをりは、腹立ちてかくしつれど、年ごろ親のごと養ひつつあひ添《そ》ひにければ、いと悲しくおぼえけり。この山の上《かみ》より、月もいとかぎりなくあかくいでたるをながめて、夜《よ》ひと夜《よ》[8]、いも寝《ね》られず、悲しうおぼえければ、かくよみたりける。

（男）わが[9]心なぐさめかねつさらしなやをばすて山に照《て》る月を見て

1 現在の長野県更級郡。
2 「をば」は伯母または祖母。伯母であれば一世代上、祖母であれば二世代上。
3 性格の悪いこと。
4 をばに対しておろそかに扱うことが多くなっていった。
5 身体が折れるかのように腰が曲がっているさま。
6 邪魔な者に思って。
7 法会・仏会を指す。
8 一晩中。
9 『古今和歌集』巻一七・雑上・八七八にある歌。姨捨《おばすて》山伝承に関わる歌と考えられる。

とよみてなむ、またいきて迎へもてきにける。それよりのちなむ、をばすて山[10]といひける。なぐさめがたし[11]とは、これがよしになむありける。

姥捨山名所「田毎《たごと》の月」（撮影：小山利彦）
本章段は棄老伝説の一つの形であるが、和歌資料などから見るに同様の伝承は、平安時代、広く流布していたようである。なお、現在は「姨捨山」の字をあてることが多い。

10「をばすて山」の地名起源譚になっている。
11今にいたっても「なぐさめがたい」時に姥捨山を引き合いに出すのは、こうしたいわれによるのだという。

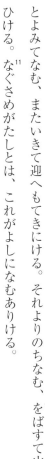

コラム——ゼミ旅行　学びの体験をともに

　平安時代の文学作品を学ぶゼミに入ったら、ぜひゼミ旅行を企画してみてください。平安文学の舞台は、現存するものや関連するものが多くあり、まずはそこに足を運ぶことが肝要です。ここでは、某大学某ゼミでの旅行の記録を簡単に紹介したいと思います。

　ゼミ旅行は一泊二日、行く場所はすべて学生たちが決めます。一年目は『源氏物語』ゆかりの宇治をまわりました。JR宇治駅から国宝平等院を見学、宇治川をわたり、宇治神社、宇治上神社を経て、宇治市源氏物語ミュージアムに到着。体験型の施設でもあり、卒業論文で『源氏物語』を扱う学生にはとても有益なところです。宇治橋のたもとには紫式部像があり、そこで写真撮影。ぜひ宇治十帖も一度読んでほしいと思います。翌日は京都御所をじっくりと見てまわる。近年、かなり自由に見学することができるようになりました。王朝文学を知るのであれば、一度は正面からの紫宸殿《ししんでん》を見ておきたいものです。御所の北すぐに相国寺《しょうこくじ》があり、承《じょう》天閣《てんかく》美術館を見学。その後、自由時間を経て、京都駅から帰りました。

　二年目は、京都から離れ、さらに西の方。名古屋駅に着くとまずは徳川美術館へ。ここは『国宝源氏物語絵巻』を所蔵する有数の博物館施設。王朝文学に関わる資料も多く、見学は必須。名古屋からは一気に鳥羽のホテルへ。たまたまそのホテルで皇學館大学の雅楽演奏を聴けたのは幸運でした。翌日は、伊勢神宮の外宮《げくう》から、神宮徴古館、内宮《ないくう》をまわる。おかげ横町もなかなかの賑わい。この年は近鉄を大いに活用、大阪経由で帰りました。

宇治市源氏物語ミュージアム
（画像提供：宇治市源氏物語ミュージアム）

ゼミ旅行で実際に用いたしおり
こういうのを作るのも旅の楽しみです。見学ルートを定めてから、それぞれの基本情報まとめてみてください。

三年目は、京都オンリー。再び京都御所を見学し、金閣寺へ。外国人観光客の中にまぎれ、定番の観光地をまわる。翌日は、王朝文学にとって欠かせない信仰の場、下鴨神社から上賀茂神社へ。その後は自由時間に。京都市街を走るバスをうまく使うのが旅のポイント。

四年目は奈良と京都。JR奈良駅からは定期観光バスツアーを活用。これも定番、東大寺、春日大社、興福寺をまわる。解説付きなので、勉強しながらの観光に。ただこの年は猛烈に暑く、平城宮跡に行くのを断念。「ならまち」で休んでから京都の宿へと出発。翌日は、三十三間堂、真向かいの京都国立博物館をまじめに見る。

五年目は再び宇治へ。目的地は前回と大きく変わらなかったが、丹念に見てまわる。宿はなぜか滋賀県の大津で、琵琶湖の絶景に感動。鳥羽の時もそうでしたが、京都以外の方が宿は安くて、広い。夜の交流会の時はその広さを上手に活用。翌日は、あの石山寺に。『源氏物語』に関わる伝説のある古刹ですが、「紫式部　源氏の間」があったり、「豊浄殿《ほうじょうでん》」という名の資料館があったりととても楽しい。「源氏物語開運おみくじ」が学生には人気。『源氏物語』の起筆が実際にここだったかはさておき、作品世界に入り込める素敵なスポットでした。

毎年、ゼミ旅行の後は卒業論文の執筆と提出が待っています。こうしたリアルな体験は、卒論にも生かされるに違いありません。若者よ、旅に出よう！

（原　豊二）

源氏物語

菅原郁子

『十帖源氏』若紫
（奈良女子大学学術情報センター所蔵。国書データベースより）

①光源氏物語の前代（桐壺）―玄宗《げんそう》と楊貴妃の例―

[1]いづれの御時《おほむとき》にか、[2]女御《にようご》、[3]更衣《かうい》あまたさぶらひたまひける中《なか》に、いとやむごとなき際《きは》にはあらぬが、すぐれて[4]時めきたまふありけり。はじめより我はと思ひあがりたまへる御方々《かたがた》、めざましきものにおとしめそねみたまふ。同じほど、それより下臈《げらふ》の更衣たちはましてやすからず。朝夕《あさゆふ》の宮仕《みやづかへ》につけても、人の心をのみ動かし、恨みを負ふつもりにやありけん、いとあつしくなりゆき、もの心細げに[5]里《さと》がちなるを、いよいよあかずあはれなるものに思《おも》ほして、人の譏《そし》りをもえ憚《はばか》らせたまはず、世の例《ためし》にもなりぬべき御もてなしなり。[6]上達部《かむだちめ》、[7]上人《うへびと》などもあいなく目を側《そば》めつつ、いとまばゆき人の御おぼえなり。[8]唐土《もろこし》にも、かかる事の起こりにこそ、世も乱れあしかりけれと、やうやう、天《あめ》の下《した》にも、あぢきなう人のもてなやみぐさになりて、[9]楊貴《やうき》妃《ひ》の例もひき出《い》でつべくなりゆくに、いとはしたなきこと多かれど、かたじけなき御心《みこころ》ばへのたぐひなきを頼みにてまじらひたまふ。

父の[10]大納言《だいなごん》は亡《な》くなりて、母北《きた》の方《かた》なむいにしへの人のよしあるにて、親うち具《ぐ》し、さしあたりて世のおぼえはなやかなる御方々にもいたう劣らず、何ごとの儀式をもてなしたまひけれど、とりたててはかばかしき[11]後見《うしろみ》しなければ、事ある時は、なほ拠《よ》りどころなく心細げなり。

[12]前《さき》の世にも御契《ちぎ》りや深かりけん、世になく[13]きよらなる玉の男御子《をのこみこ》さへ生《う》まれたま

1 物語の書き出しの常套句、『伊勢物語』の「昔、男ありけり。」や、『今昔物語集』の「今は昔…」と同様に、ある帝の治世のこととして朧化表現で始まる。
2 中宮に次ぐ天皇の夫人の呼称の一つ。主に大臣家以上の娘がなる。
3 女御に次ぐ呼称。当初は女官の名であったが、後に天皇の夫人をさすようになる。納言クラスの娘がなる。
4 帝のご寵愛を一身にあつめて栄えるの意。
5 里邸（実家）へ引き籠りがちとなる。
6 公卿《くぎよう》。参議以上の官職、非参議の三位以上の官位の者。
7 殿上人。三位以上と四位・五位の中で昇殿（清涼殿《せいりようでん》の殿上の間に昇ること）を許された者と六位の蔵人《くろうど》。
8 昔、中国の殷《いん》の紂《ちゆう》王は妲己《だつき》を愛し、周の幽王は褒姒《ほうじ》を寵して治世が乱れたという。
9 唐の玄宗皇帝が愛した妃。「長恨歌」は二人の愛をテーマとした白居易《はくきよい》（楽天）の長詩。玄宗は楊貴妃を溺愛して治世を乱し、安禄山《あんろくざん》の反乱を招いたとされる。
10 太政官の次官。正三位相当の人物。
11 経済的あるいは政治的に後ろ盾として支援する者。母一人で父のない孤立無援の更衣。
12 仏教思想の三世（前世・現世・後世）の一つ。帝と更衣の縁、その二人の間に男皇子が誕生する必然を

ひぬ。いつしかと心もとながらせたまひて、急ぎ参らせて御覧ずるに、めづらかなる児《ちご》の御容貌《かたち》なり。

説く。

13「きよら」は最上の美。主人公光源氏の誕生。古代では、「玉」は「魂《たま》」に通じる呪術的な力を持つとされた。

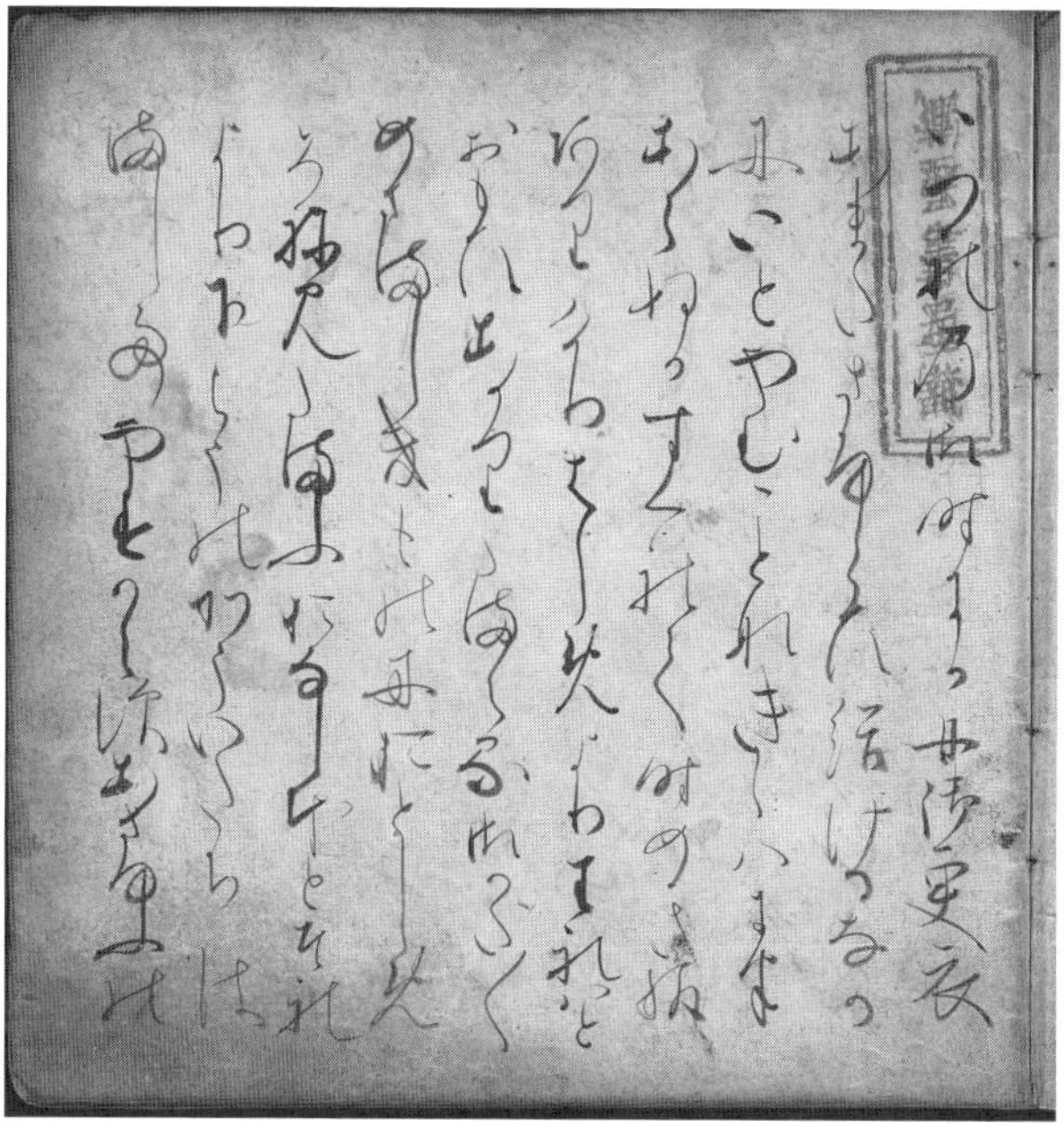

伝冷泉為秀筆『源氏物語』桐壺巻冒頭（専修大学図書館所蔵）

京都御所の紫宸殿《ししんでん》と左近《さこん》の桜
（撮影：小山利彦）
物語は内裏《だいり》（天皇の住居）を舞台として展開する。京都御所には内裏の紫宸殿が復元されている。紫宸殿は内裏の正殿であり、朝賀や公事などの儀式が行なわれた。その南に広がる南庭《だんてい》には「左近の桜」が植えられている。

コラム――『源氏物語』と渤海使節

1、平安皇朝と渤海

平安時代に入ると大陸との交流は、寛平《かんぴょう》六年（八九四）菅原道真の建議により遣唐使も廃止され、中国との交流から半島との交流に転じた。唐が衰退期に入り、一方で半島は国家間の対立もあり、北方の渤海《ぼっかい》が来朝することとなった。渤海使節は当初将軍など武官を大使としていたが、平安時代では日本側の意向に添い、文人官僚に移行している。渤海は専ら交易で、日本側から得る高価な産物が本願であった。平安宮中では朝貢《ちょうこう》使節とみなして、有力天皇は文人貴族に接待させて唐風な文化交流を意図していた。北方騎馬民族系の渤海からは黒貂《ふるき》の毛皮や唐からの舶来品もあった。三四次の来朝の大使は裴璆《はいきゅう》で延喜二十年（九二〇）の五月八日に鴻臚館《こうろかん》に入っている。『江家次第《ごうけしだい》』によると、豊楽《ぶらく》殿の饗宴において醍醐皇子重明《しげあきら》親王が黒貂の皮衣を八枚も重ねて参列した、というエピソードを伝えている。

『源氏物語』初音の巻で黒貂の皮衣を兄、醍醐の阿闍梨《あじゃり》の君に譲ってしまい寒そうにしている末摘花の事が語られる。これは末摘花が父常陸宮《ひたちのみや》から伝領した毛皮であろう。

『源氏物語』の主人公が賜姓源氏として設定されることも、鴻臚館での高麗《こま》の人相見の判断を重視しての事としている。歴史的エピソードとして『日本三代実録』が記しているのは渤海大使王文矩《おうぶんく》が時康《ときやす》親王を望見して「至貴の相あり、それ天位に登りたまふこと必ずなり云々」と予言したが、果たして即位が実現し、光孝天皇と称される事となったと伝えている。

2、渤海使節が列席した宮中行事

『源氏物語』に描かれている宮中行事が、歴史上でも渤海使節が列席した年中行事となっている事例がある。嵯峨天皇は渤海大使王孝廉《おうこうれん》との事跡を『文華秀麗集』に留め、王文矩との事跡を『経国集』に留めている。三四度の来朝に際して平安皇朝としても接待文人貴族の中に、滋野貞主《しげののさだぬし》・巨勢識人《こせのしきひと》らが侍し、貞観《じようがん》十三年（八七一）の二六次には在原業平・藤原佐世《すけよ》らが接待している。元慶《がんぎよう》六年（八八二）裴頲《はいてい》来朝に際しては菅原道真・紀長谷雄《きのはせお》・島田忠臣《しまだのただおみ》が接待使となっている。

加えて平安皇朝は宮中行事を披露している。渤海使節が来朝するのは冬から春にかけての季節で、帰国するのは春から夏にかけての季節であった。大陸と日本の季節風を巧みに利用した渡航であった、と推定されよう。正月には男踏歌《とうか》、桓武天皇が延暦十四年（七九五）正月に催して平安京を寿いでいる宮中行事である。唐代長安でも玄宗皇帝の時代に華やかに行なわれている。日本文学では『源氏物語』のみが重く描写している。末摘花・初音・真木柱・竹河の四巻で語られている。

打毬楽（天理大学雅楽部。撮影：小山利彦）

二十八次使節は貞観十三年五月に曲水の宴を賜わっている。本来は三月上巳《じようし》の祓《はらえ》で催される。光源氏は須磨の海辺で陰陽師《おんみようじ》を召して、等身大の人形を作り、災難を祓っている。

二五次の王文矩の一行は嘉祥二年（八四九）端午の節供を迎えて、武徳殿における騎射《うまゆみ》に招かれている。三十次の文人大使裴頲にも騎射を催している。『源氏物語』少女《おとめ》の巻で光源氏は六条院を造営している。夏の町は馬場を築き、五月端午の節供の趣向が活きるように造り上げている。蛍の巻では薬玉《くすだま》を玉鬘の許に贈って届ける。二十次王文矩が来朝した際打毬《だきゆう》を演じ、『経国集』にも入集されているが、その遊びを舞楽化した「打毬楽《たぎゆうらく》」も舞われた事が描写されている。

＊本論は拙著『王朝文学と東ユーラシア文化』所収論文「渤海使節を迎えた平安皇権―『源氏物語』の一風景―」（武蔵野書院、二〇一四年）を参考にしている。

（小山利彦）

②ヒロインの登場（若紫）―舞台の北山―

[1]日もいと長きにつれづれなれば、夕暮のいたう霞《かす》みたるにまぎれて、かの[2]小柴垣《こしばがき》のもとに立ち出でたまふ。人々は帰したまひて、[3]惟光朝臣《これみつのあそん》とのぞきたまへば、ただこの西面《にしおもて》にしも、[4]持仏《ぢぶつ》すゑたてまつりて行ふ[5]尼《あま》なりけり。簾《すだれ》すこし上げて、花奉るめり。中の柱に寄りゐて、脇息《けふそく》の上に経を置きて、いとなやましげに読みゐたる尼君、ただ人と見えず。四十余《よ》ばかりにて、いと白うあてに痩《や》せたれど、つらつきふくらかに、まみのほど、髪のうつくしげに[6]そがれたる末《すゑ》も、なかなか長きよりもこよなういまめかしきものかな、とあはれに見たまふ。

きよげなる大人《おとな》二人ばかり、さては童《わらは》べぞ出で入り遊ぶ。中に、十ばかりやあらむと見えて、[7]白き衣《きぬ》、山吹などの萎《な》えたる着て走り来たる[8]女子《をむなご》、あまた見えつる子どもに似るべうもあらず、いみじく[9]生《お》ひ先見えてうつくしげなる容貌《かたち》なり。髪は扇《あふぎ》をひろげたるやうにゆらゆらとして、[10]顔はいと赤くすりなして立てり。

「何ごとぞや。童べと腹立ちたまへるか」とて、尼君の見上げたるに、すこしおぼえたるところあれば、子なめりと見たまふ。「雀《すずめ》の子を[11]犬君《いぬき》が逃がしつる、[12]伏籠《ふせご》の中《うち》に籠《こ》めたりつるものを」とて、いと口惜《くちを》しと思へり。このゐたる大人、「例の、[13]心なしのかかるわざをしてさいなまるるこそいと心づきなけれ。いづ方《かた》へかまかりぬる、いとをかしうやうやうなりつるものを。烏《からす》などもこそ見つくれ」とて立ちて行く。

1 晩春の暮れなずむ様子。「日もいと長きに」は、新日本古典文学大系本（大島本）では「人なくてつれづれなれば」とある。夕暮や霞の朧な風景が、この後の垣間見《かいまみ》の場面を盛り立てる。
2 木や竹の小枝で編んだ垣根。
3 光源氏の乳母子《めのとご》で、腹心の従者。
4 守り本尊として身近に置き、礼拝する仏像。
5 直後に登場する少女（若紫）の祖母。
6 尼削《あまそ》ぎ（背のあたりで切り揃えた髪型）の清廉な姿を、かえって目新しく現代風であると感動している様子。
7 「白き衣」は女子の平常室内着である袿《うちき》。「山吹」は袿の上に着る表着《うはぎ》の襲《かさね》の色目。表が薄朽葉《うすくちば》、裏が黄色。
8 この少女が若紫、後に光源氏の最愛の女性となる紫の上。
9 成人後の将来の美しさが予想されての意。
10 泣いた後、手でこすった様子。
11 召使いの童女の名。この他、「あてき」「なれき」などの童女名が『源氏物語』には見える。
12 香炉や火鉢にかぶせて置き、その上に衣をかけて、衣に香を焚き染めたり暖めたりする竹籠。ここでは鳥籠に代用。
13 無分別で不注意な者。犬君。
14 感じが良く無難な人。少納言の乳母《めのと》（若紫の乳母）。

髪ゆるるかにいと長く、めやすき人なめり。[14]

光源氏、若紫を垣間見する（『源氏物語画帖』若紫巻／専修大学図書館所蔵）

鞍馬寺の晩春の桜—五月満月《うえさく》祭近く（撮影：小山利彦）
鞍馬寺は洛北に位置し、『源氏物語』に登場する「北山」の想定地の一つ。華やかな宮中ではなく、山の深奥で光源氏は若紫に思いがけず出会う。五月満月祭は５月の満月の夜に行なわれ、聖水を捧げ灯を供えて平和を祈願する儀式。

③藤壺の懊悩（紅葉賀）―光源氏の青海波―

[1]朱雀院《すざくゐん》の行幸《ぎやうがう》は神無月《かんなづき》の十日あまりなり。世の常ならずおもしろかるべきたびのことなりければ、[2]御方々《かたがた》物見たまはぬことを口惜《くちを》しがりたまふ。[3]上《うへ》も、[4]藤壺《ふぢつぼ》の見たまはざらむをあかず思《おぼ》さるれば、[5]試楽《しがく》を御前にてせさせたまふ。

源氏の中将は、[6]青海波《せいがいは》をぞ舞ひたまひける。片手には大殿《おほとの》の頭中将《とうのちゆうじやう》[7]、容貌《かたち》用意人にはことなるを、立ち並びては、なほ[8]花のかたはらの深山木《みやまぎ》なり。入り方《いりがた》の日影さやかにさしたるに、楽《がく》の声まさり、もののおもしろきほどに、同じ舞の足踏《あしぶみ》面持《おももち》、世に見えぬさまなり。詠《えい》などしたまへるは、これや仏の[9]御迦陵頻伽《かりようびんが》の声ならむと聞こゆ。おもしろくあはれなるに、帝《みかど》涙をのごひたまひ、上達部親王《かむだちめみこ》たちもみな泣きたまひぬ。詠はてて袖《そで》うちなほしたまへるに、待ちとりたる楽のにぎははしきに、顔の色あひまさりて、[10]常よりも光ると見えたまふ。[11]春宮《とうぐう》の女御《にようご》、かくめでたきにつけても、ただならず思して、[12]「神など空《そら》にめでつべき容貌かな。うたてゆゆし」とのたまふを、若き女房《にようばう》などは、心憂《こころう》しと耳とどめけり。藤壺は、[13]おほけなき心のなからましかば、ましてめでたく見えましと思すに、[14]夢の心地なむしたまひける。

宮は、やがて御宿直《とのゐ》なりけり。「今日《けふ》の試楽は、青海波に事みな尽きぬな。いかが見たまひつる」と聞こえたまへば、あいなう御答《いら》へ聞こえにくくて、「ことにはべりつ」とばかり聞こえたまふ。


1「朱雀院」は、嵯峨天皇以後、平安京の右京、三条と四条の間にあった歴代天皇の後院《ごいん》（譲位後の御所）。朱雀院にお住いの先帝、一院（桐壺帝の父か兄）の御賀のための桐壺帝による行幸《ぎやうこう》。行幸は「みゆき」とも言い、天皇の外出の意。醍醐天皇による宇多法皇の四十賀・五十賀等が準拠として有力。

2妃《きさき》方（女御・更衣）は宮中（内裏）外の行事に参加できない。

3桐壺帝、光源氏の父。

4先帝の四の宮、桐壺帝の女御、紫の上の叔母。現在、懐妊中。

5清涼殿の東庭で行なわれた管絃舞楽の予行演習。

6雅楽で左方唐楽《とうがく》の盤渉調《ばんしきちやう》の曲。

7左大臣と大宮（桐壺帝の妹）の子息、葵の上の兄。光源氏と共に青海波を舞う。

8優れているものに隠れて目立たないことの喩。頭中将（深山木）が光源氏（花）の秀麗さに隠れて目立たないことをいう。

9仏教経典に登場し、極楽浄土に棲むとされる声音が至妙の鳥。

10いつも以上に光り輝く君と、光源氏の美しさを強調。

11弘徽殿《こきでん》女御、東宮（後の朱雀帝）の生母。桐壺帝の光源氏への寵愛を快く思っていない。

12弘徽殿女御の言。醍醐天皇の大堰川《おほゐがは》行幸の際、幼い雅明《まさあきら》親王の見事な舞姿を山神が賞賛し、神隠しにしたという伝説（『大鏡』人・太政大臣道長・雑々物語）があ

青海波の舞　天理大学雅楽部（撮影：小山利彦）

青海波は、２人の舞人が袖の振りで波の寄せ返す様を表す優雅な舞。波と霞の模様が刺繍された下襲《したがさね》に、牡丹などの刺繍のある半臂《はんぴ》をまとい、千鳥の刺繍された袍《ほう》の右肩を袒《かたぬ》ぎ、太刀《たち》を佩《は》き、別甲を被《かぶ》る。広い海の無限さから、永遠の幸せが願われている。

福田寺《ふくでんじ》境内の尼ケ池—朱雀院の苑池の遺構
（撮影：小山利彦）

る。

13「おほけなし」は身分不相応な、畏れ多いの意。桐壺帝の寵愛を受けつつ、光源氏と逢瀬を交わして懐妊した藤壺の懊悩をさす。「…ましかば…まし」は反実仮想。

14悪夢にさまようような感覚。

④葵の上と六条御息所（葵）—賀茂祭の車争い—

日たけゆきて、[1]儀式もわざとならぬさまにて出でたまへり。隙《ひま》もなう立ちわたりたるに、よそほしうひきつづきて立ちわづらふ。よき[2]女房車《にょうばうぐるま》多くて、雑々《ざふざふ》の人なき隙を思ひ定めてみなさし退《の》けさする中に、[3]網代《あむじろ》のすこし馴《な》れたるが、[4]下簾《したすだれ》のさまなど[5]よしばめるに、いたうひき入りて、[6]ほのかなる袖口、裳《も》の裾《すそ》、汗衫《かざみ》など、物の色いときよらにて、ことさらにやつれたるけはひしるく見ゆる車二つあり。「これは、さらにさやうにさし退《の》けなどすべき御車にもあらず」と、口強《くちごは》くて手触れさせず。いづ方《かた》にも、若き者ども酔《ゑ》ひすぎたち騒ぎたるほどのことはえしたためあへず。おとなおとなしき御前《ごぜん》の人々は、「かくな」など言へど、えとどめあへず。

斎宮《さいぐう》の[7]御母御息所《みやすどころ》、[8]もの思し乱るる慰めにもやと、忍びて出でたまへるなりけり。[9]つれなしづくれど、おのづから見知りぬ。「さばかりにては、さな言はせそ。[10]大将殿をぞ豪家《がうけ》には思ひきこゆらむ」など言ふを、その御方の人もまじれれば、いとほしと見ながら、用意せむもわづらはしければ、知らず顔をつくる。つひに御車ども立てつづけつれば、[11]副車《ひとだまひ》の奥に押しやられてものも見えず。心やましきをばさるものにて、かかるやつれをそれと知られぬるが、いみじうねたきこと限りなし。[12]榻《しぢ》などもみな押し折られて、すずろなる[13]車の筒《どう》にうちかけたれば、またなう人わろく、悔《くや》しう何《なに》に来つらんと思ふにかひなし。

1葵の上の格に応じた、賀茂祭（葵祭）の見物に出かける準備・支度。　2身分の高い女性の乗る牛車《ぎっしゃ》。　3網代車《あじろぐるま》。檜《ひのき》・竹などの薄皮で、斜めまたは縦横にと、網代に編んだもので張り、彩色を施した牛車。六条御息所が乗車。　4車の前後の御簾《みす》の内にかけて垂らす薄い絹の布。利用者の趣味趣向が表れる部分。　5由緒ありげで風情のある様子。上品な様。　6袖口、裳の裾、汗衫などが御簾の外からほのかに見える。奥ゆかしい様子。　7六条御息所。後に賢木《さかき》巻で斎宮の母として伊勢へと下向。　8光源氏との恋愛に心が乱れ、光源氏を一目見ればそれも慰められるかの意。　9何でもないように取り繕う、素知らぬふりをするの意。六条御息所は賀茂祭の見物へとお忍びで出かけたが、葵の上側に素性がばれてしまう。　10光源氏をさす。葵の上方の従者に光源氏の威を借りようとしていると見下される。　11「副車」は葵の上のお供をしている女房に割り当てられた牛車。　12車から牛をはずしたときに車の水平を保つため、車の轅《ながえ》（牛車から前方に長く出ている二本の柄）を載せておく台。乗車の際には踏み台として用いた。　13車輪の中心部で車軸を受けている筒状の部分。轂《こしき》のこと。車争いの際、六条御息所の牛車は折られた榻の代わりに、粗末な車の轂にかけて牛車を水平に保つほかなかった。

一条戻り橋（撮影：小山利彦）
一条戻り橋は、一条通の堀川に架けられた橋。平安時代は大内裏の丑寅《うしとら》（鬼門）の方角に位置し、さまざまな怪異譚の舞台であった。『源氏物語』では、賀茂祭の際、葵の上の従者たちと六条御息所の従者たちが権勢とプライドを競って物見車《ものみぐるま》の争いを起こした場所に想定されている。

網代車（『故実叢書 輿車図考附図乙』吉川半七、1900年／弘前市立図書館所蔵）
竹使用は「常の網代」と言い殿上人の乗用、檜使用は「檜網代」と言い公卿の乗用。通常は四位・五位が乗るもので、簡易な車。八葉車《はちようのくるま》や半蔀車《はじとみのくるま》など、乗る人の身分に応じてさまざまある。

コラム――近世源氏絵の世界―堂上と地下の文化交流―

江戸時代初期、京都を中心にさまざまな絵画が制作された。中でも公家や武家の人々が憧憬してやまないのが『源氏物語』の王朝世界であった。そのため、現存する近世源氏絵の多くは公家や武家発注のものであるが、中でも専修大学図書館所蔵の『源氏物語』の画帖（以下『専大源氏画帖』）は、堂上《とうしょう》公家と地下《じげ》との交流を窺わせる珍しいものであり、近世初期の文化交流の広がりを物語っている。

『専大源氏画帖』は、江戸初期成立、折本三帖、一帖二〇図の計六〇図で構成され、縦二七・一センチ、横二〇・八センチで、紙本著色《しほんちゃくしょく》、黒漆塗《くろうるしぬり》箱入、中央に「源氏絵三冊」と金字されている。画帖の見開きの右側には詞書が、左側には絵が配置され、詞書の料紙には下絵が施され、絵には金泥がふんだんに用いられた豪華な仕立てである。詞書は飛鳥井雅章《あすかいまさあき》・愛宕通福《おたぎみちとみ》・道晃《どうこう》法親王・日野弘資《ひのひろすけ》・清閑寺凞房《せいかんじひろふさ》・柳原資廉《やなぎはらすけかど》・中院通茂《なかのいんみちしげ》・中御門資凞《なかみかどすけひろ》・持明院基時《じみょういんもととき》・甘露寺方長《かんろじかたなが》の堂上公家一〇名による寄り合書きである。絵の作者は未詳だが、俳諧師の野々口立圃《ののぐちりゅうほ》作『十帖源氏』の挿絵がモチーフとなっている。

『専大源氏画帖』の詞書は六〇枚中の三七枚が大島本・三条西《さんじょうにし》家本（日本大学図書館蔵）の本文と一致している。さらに『十帖源氏』本文と比較してみると詞書六〇場面中の五三場面が一致し、その五三場面中の二八例が和歌を採択し、歌絵的な場面を描くことが多い江戸初期の源氏絵の特徴がみえる。その他、大阪公立大学蔵『源氏物語絵詞』、和泉市久保惣《くぼそう》記念美術館蔵『源氏物語画帖』、京都国立博物館蔵『源氏物語画帖』の詞書と一致する箇所もある。筆跡は、東京国立博物館蔵『徒然草画帖』と比較すると、『徒然草画帖』で真筆とされる中院通茂、飛鳥井雅章、持明院基時の筆跡と『専大源氏画帖』は酷似している。制作年代は、詞書筆者の一人である道晃法親王の詞書の題簽《だいせん》に「照高《しょうこう》院《いん》」とあることから、道晃法親王が「照高院」になるのが一六五八年、亡くなるのが一六七八年、『十帖源氏』が一六

『源氏物語画帖』桐壺巻冒頭（専修大学図書館所蔵）

六一年に刊行ということを考慮すると、〈一六六一年～一六七八年の間〉に作成されたと推測される。

発注者については不明だが、鳳林承章《ほうりんじょうしょう》の文化サロンの存在が大きいと思われる。承章は勧修寺晴豊《かじゅうじはるとよ》の六番目の子で、鹿苑寺《ろくおんじ》・相国寺《しょうこくじ》の住持《じゅうじ》となり、三歳下の従甥にあたる後水尾院《ごみずのおいん》の厚遇を得、宮廷文化人として公家・武家・町人を問わず交流した人物である。承章の三四年間にわたる日記『隔蓂記《かくめいき》』には、近世以前以降を問わず、さまざまな古典文芸について事細かに記され、華やかな文化交流を示す貴重な資料となっている。

『隔蓂記』によれば、慶安五年（一六五二）四月二十四日、立圃は藪《やぶ》家と懇意であり、その由で承章に会っている。以降、堂上公家の承章と地下人の立圃による俳諧を通じた交流記事が約八〇箇所に渡って散見される。「廿四日、午時雛屋《野々口》立圃被来、自水野日向守《勝貞》殿、被頼歌仙色紙、聖護院宮《道晃》被染尊毫義被頼故、狩野探幽《守信》筆之絵三十六枚被持来也。」とあり、明暦三年（一六五七）二月二十四日の午後、承章は立圃を介して、水野日向守《みずのひゅうがのかみ》（勝貞《かつさだ》）所望の歌仙絵色紙に聖《しょ》護院《うごいん》宮（道晃）の染筆周旋を依頼されたとある。立圃は福山藩水野家の招きにより、慶安四年（一六五一）から寛文二年（一六六二）まで備後国福山（現在の広島県福山市）に滞在し、俳諧の手ほどきをしている。ゆえに、立圃が勝貞のために承章を介して、道晃の染筆斡旋を依頼したことは十分に考えられる。

こうした堂上公家、武家、地下の文化交流が近世初期には盛んに行なわれていた。その先に『専大源氏画帖』の制作意図もあると推測される。江戸文芸の自由さと『源氏物語』の浸透力が窺える一品である。

＊本稿については、拙著『源氏物語の伝来と享受の研究』所収、第三篇第一章「専修大学図書館蔵『源氏物語画帖』の詞書とその制作背景」、第三篇第二章「『源氏物語画帖』の絵における俳画師野々口立圃の影響」（武蔵野書院、二〇一六年）に詳述する。

（菅原郁子）

⑤光源氏と明石の君の再会（澪標《みおつくし》）―住吉の神へのお礼参り―

惟光《これみつ》[1]やうの人は、心の中《うち》に神[2]の御徳をあはれにめでたしと思ふ。あからさまに立ち出でたまへるにさぶらひて、聞こえ出でたり。

（惟光）住吉《すみよし》[3]のまつこそものは悲しけれ神代のことをかけて思へば

げに、と思し出でて、

（光源氏）「あらかりし[4]波のまよひに住吉の神をばかけてわすれやはするしるしありな[5]」とのたまふもいとめでたし。

かの明石《あかし》の舟、この響きにおされて過ぎぬることも聞こゆれば、知らざりけるよとあはれに思す。神[6]の御しるべを思し出づるもおろかならねば、いささかなる消息《せうそこ》をだにして心慰めばや、なかなかに思ふらむかし、と思す。御社《みやしろ》立ちたまひて、所どころに逍遥《せうえう》[7]を尽くしたまふ。難波《なには》の御祓《はらへ》[8]などことによそほしう仕まつる。堀江《ほりえ》[9]のわたりを御覧じて、「いまはた同じ難波なる」と、御心にもあらでうち誦《ず》じたまへるを、御車のもと近き惟光うけたまはりやしつらむ、さる召しもやと例にならひて懐《ふところ》に設《まう》けたる柄《つか》短き筆など、御車とどむる所にて奉《たてまつ》れり。をかし[10]と思して、畳紙《たたうがみ》[11]に、

（光源氏）[12]みをつくし恋ふるしるしにここまでもめぐり逢ひけるえには深しな

とてたまへれば、かしこの心知れる下人《しもびと》してやりけり。駒並《こまな》めてうち過ぎたまふにも心のみ動くに、露《つゆ》ばかりなれど、いとあはれにかたじけなくおぼえてうち泣きぬ。

1幼い頃より光源氏の身近に仕え、須磨・明石の流離生活の艱難辛苦を熟知している者。　2住吉神社の神の恩恵、御加護。住吉神社は大阪市住吉区住吉にあり、表筒男命《うわつつのおのみこと》・中筒男命《なかつつのおのみこと》・底筒男命《そこつつのおのみこと》の三神を祀る。古来より海路を守る神として信仰された。　3歌枕「住吉」は「松《まつ》」を連想させ、「先づ」を掛ける。「神代」には神話時代、須磨・明石の流離生活の昔の意を込めた。能『高砂《たかさご》』では、高砂の松と住吉の松が相生《あいおい》の松として夫婦和合を謡う。光源氏の権勢は住吉の神のお導きであると感慨にひたる惟光の和歌。　4住吉の神の御心への感動を、惟光と共有する光源氏の和歌。　5「験《しるし》」。神仏の現す霊験、ご利益。　6住吉での明石の君との再会、姫君の誕生、そのすべてが住吉の神の神慮と感じている。　7気ままに歩き回ること。遊覧する。　8「など」ことに」を「七瀬《ななせ》に」とする本文もある。「七瀬」は、天皇の災禍を除くために京都の七つの川瀬に勅使を派遣して人形《ひとがた》を流しお祓いをさせる宮中儀式。ここを「難波七瀬」とみる説があるが、詳細不明。『御堂関白記』には同じ霊場で七人の陰陽師《おんみょうじ》が祓を行なったという記述がある。　9仁徳天皇の難波高津宮《なにわたかつのみや》付近に掘ったとされる運河。現在の天満川か。澪標が立てられていた。　10明石の君へ返歌をするだろうと、機転をきかせた惟光の動作に感心する光源

（明石の君）
13数《かず》ならでなにはのこともかひなきになどみをつくし思ひそめけむ

光源氏と明石の君、住吉にて贈答
（『源氏物語画帖』澪標巻／専修大学図書館所蔵）

住吉大社（撮影：小山利彦）
流離の地で暴風雨や落雷に遭う光源氏を救ったのは住吉の神である。そして、光源氏は澪標巻において願ほどきに住吉へと参詣。『源氏物語』には平安当時の人々の住吉明神への信仰の深さが描かれている。

氏。　11和歌などを書きつけるのに折りたたんで懐に入れておく紙。12「みをつくし（身を尽くし）」に「澪標（航路の標識）」を、「えに（縁）」に「江」を掛ける。「みをつくし」「しるし」「深し」は縁語。宿縁を水辺の風景に託した光源氏の和歌。　13「なには（何は）」に「難波」を、「かひ（効）」に「かひ（貝）」を掛ける。「難波」「貝」「澪標」は縁語。人数にも入らない自身の身の上を嘆く明石の君の和歌。

⑥玉鬘《たまかずら》の宿運（玉鬘）―初瀬《はつせ》観音での出会い―

参[1]り集《つど》ふ人のありさまども、見下《みくだ》さるる方《かた》なり。前より行く水をば、初瀬川《はつせがは》[2]といふなりけり。右近[3]、

（右近）「[4]ふたもとの杉のたちどをたづねずはふる川のべに君をみましや

[5]うれしき瀬にも」と聞こゆ。

（玉鬘）初瀬川[6]はやくのことは知らねども今日《けふ》の逢《あ》ふ瀬に身さへながれぬ

とうち泣きておはするさま、いとめやすし。容貌《かたち》はいとかくめでたくきよげながら、田舎びこちごちしうおはせましかば、いかに玉の瑕《きず》[7]ならまし、いで、あはれ、いかでかく生ひ出でたまひけむ、とおとどをうれしく思ふ。母君[8]は、ただいと若やかにおほどかにて、やはやはとぞたをやぎたまへりし、これは気高《けだか》く、もてなしなど恥づかしげに、よしめきたまへり。筑紫《つくし》[9]を心にくく思ひなすに、みな見し人は里びにたるに、心得がたくなむ。暮るれば御堂に上《のぼ》りて、またの日も行ひ暮らしたまふ。秋風、谷より遥《はる》かに吹き上《のぼ》りていと肌寒《はださむ》きに、ものいとあはれなる心どもには、よろづ思ひつづけられて、人並々《なみなみ》ならむこともありがたきことと思ひ沈みつるを、[10]この人の物語のついでに、父大臣《おとど》[11]の御ありさま、腹々《はらばら》の何ともあるまじき御子《みこ》ども、みなものめかしなしたてたまふを聞けば、かかる下草《したくさ》頼もしくぞ思しなりぬる。出づとても、かたみに宿《やど》る所も問ひかはして、もしまた追ひまどはしたらむ時と

1「参り集ふ人」は長谷寺（奈良県桜井市）に参詣する人々。　2大和川上流の名。長谷寺の南を西へと流れる川。古代より東西南北の交通の要衝。　3夕顔の乳母《めのと》の娘。　4「初瀬川古川野辺に二本《ふたもと》ある杉年を経てまたも逢ひ見む二本ある杉」（『古今和歌集』巻第一九・雑躰・旋頭歌・読み人知らず・一〇〇九）をふまえる。「ふたもとの杉」は長谷寺の境内にあり、根元で繋がっている再会の叶う霊木。「ふる川」は初瀬川を、年月を経て、「君」は玉鬘をさす。長い年月を経て、玉鬘との劇的な再会の感動を詠んだ右近の和歌。　5「祈りつつ頼みぞわたる初瀬川うれしき瀬にもながれあふやと」（『古今六帖』第三・川・兼輔・一五七〇）による。　6「はやく（早く）」は「昔」の意で川の流れの「速く」を掛ける。「川」「瀬」「ながれ」は縁語。「ながれぬ（流れてしまいそうだ）」は「泣かれぬ（自然と泣いてしまう）」を掛ける。　7小さい欠点のために全体の値打ちが下がるという喩。典拠として、「をしまれば衣のうらにかけて見む玉のきずとやならむとすらむ」（『仲文集』八四）、「玉ノ瑕有ルハ、之ヲ置ケバ全ク、之ヲ去レバ虧《か》ク」（『淮南子《えなんじ》』巻一七「説林訓」）など。ここでは美しい容貌の玉鬘に田舎で育ったという些細な欠点があったらの意。　8玉鬘の母である夕顔。9筑紫（現福岡県）という環境がこのように立派に玉鬘を成長させたとしたら、その土地はどんなに心

あやふく思ひけり。右近が家は、六条院[12]近きわたりなりければ、ほど遠からで、言ひかはすもたづき出で来ぬる心地しけり。

惹かれる地かと想いを馳せる。10右近の話。11玉鬘の父、内大臣。12光源氏の大邸宅。

能「玉葛《たまかずら》」 源氏物語千年紀事業「源氏物語国際フォーラムⅡ」より、於金剛能楽堂、2008年11月3日、シテ金剛永謹氏（撮影：菅原郁子）
ある僧が初瀬川で若い女性に出会う。その女とともに初瀬を詣でた僧は二本の杉に案内される。そこで女は玉鬘の数奇な運命を語り、自身を玉鬘とほのめかして姿を消す。

奈良 長谷寺本堂から奥の院を望む（撮影：小山利彦）
奈良 長谷寺は現世利益を求める平安女性の観音信仰の聖地。玉鬘一行は信仰心の深さを見せるため、牛車ではなく徒歩で参詣。京都から長谷寺までの距離は約72キロメートル。健脚の者で片道２日、牛車で片道３日の行程。京・宇治・木津・奈良・椿市《つばいち》を経由するのが基本的なルート。玉鬘一行は椿市まで片道４日を要した。

⑦柏木と女三の宮（若菜上）―蹴鞠《けまり》と唐猫―

御几帳《きちやう》どもしどけなく引きやりつつ、人げ近く世づきてぞ見ゆるに、[1]唐猫《からねこ》のいと小さくをかしげなるを、すこし大きなる猫追ひつづきて、にはかに御簾《みす》のつまより走り出づるに、人々おびえ騒ぎてそよそよと身じろきさまよふけはひども、[2]衣《きぬ》の音《おと》なひ、耳かしがましき心地す。猫は、まだよく人にもなつかぬにや、[3]綱いと長くつきたりけるを、物にひきかけまつはれにけるを、逃げむとひこじろふほどに、[4]御簾のそばいとあらはに引き上げられたるをとみに引きなほす人もなし。この柱のもとにありつる人々も心あわたたしげにて、もの怖《お》ぢしたるけはひどもなり。

几帳の際《きは》すこし入りたるほどに、[5]袿姿《うちきすがた》にて[6]立ちたまへる人あり。[7]階《はし》より西の二の間《ま》の東《ひむがし》のそばなれば、紛れどころもなくあらはに見入れらる。[8]紅梅にやあらむ、濃き薄きすぎすぎにあまた重なりたるけぢめはなやかに、[9]草子《さうし》のつまのやうに見えて、[10]桜の織物の細長《ほそなが》なるべし。御髪《みぐし》の裾《すそ》までけざやかに見ゆるは、糸をよりかけたるやうになびきて、裾のふさやかにそがれたる、いとうつくしげにて、[11]七八寸ばかりぞあまりたまへる。[12]御衣の裾がちに、いと細くささやかにて、姿つき、髪のかかりたまへる[13]そばめ、いひ知らずあてにらうたげなり。夕影《ゆふかげ》なれば、さやかならず奥暗き心地するも、[14]いと飽かず口惜し。鞠《まり》に[15]身をなぐる若君達《わかきむだち》の、[16]花の散るを惜しみもあへぬけしきどもを見るとて、人々、あらはをふともえ見つけぬなるべし。

1 女三の宮に飼われている愛翫用の舶来種の猫。
2 衣擦れの音。
3 猫の首につけてある綱。
4 走り出した猫の長い綱が簾《すだれ》に引っかかり、簾を斜めに開いたため、女三の宮の部屋の内部が丸見えとなる。
5 女三の宮の姿。袿は貴族女性の平常服。周りの女房たちは、主人の前では礼装（唐衣《からぎぬ》・裳《も》を着用）のため、ここで袿姿であるのは女主人である。
6 平安の貴族女性であれば本来座しているのが普通。女三の宮は男性たち（夕霧や柏木）の蹴鞠の様子を見たくて立ち上がっている。簾のそばにいるのは下品で軽率な振る舞い。
7 六条院の寝殿の南正面の階段から西側へ二つ目の柱間の東端。寝殿の階段にすわる柏木からは寝殿の西隣の女三の宮の部屋が目と鼻の先でよく見える。
8 紅梅襲《こうばいがさね》（表は紅、裏は紫）。柏木の視線に沿って女三の宮の姿が語られる。
9 衣の袖口や裾の重なり具合を、異なった色の紙を重ねて綴った冊子の小口に喩えた。
10 桜襲《さくらがさね》（表は白、裏は蘇芳《すおう》）。さまざまな模様を織り出した絹の細長。
11 身長より髪が七、八寸長い。
12 女三の宮は小柄のため、衣の裾を長く引いている。
13 側面から見た姿、横顔。

柏木、女三の宮を垣間見る
（『源氏物語画帖』若菜上巻／専修大学図書館所蔵）

河原院址《かわらのいん》（撮影：菅原郁子）

河原院は光源氏のモデルとされる源　融《みなもとのとおる》（嵯峨天皇第12皇子）の大邸宅。４町（または８町）という広大な敷地で、南は六条大路に面していたとされる。現在は河原院の庭園の埋没した後の「籬《まがき》の森」の名残という榎の老木とその址を示す石碑があるだけである。しかし、石碑の位置は河原院推定地より少し外へはみ出している。『源氏物語』では光源氏の大邸宅が六条大路付近に設定され、「六条院」と呼ばれた。柏木の狂恋の始まりの舞台となる。

14 恋に盲目的な柏木の心情に沿う女三の宮の描写。
15 髪や衣の乱れを気にせず、蹴鞠に夢中になる様。
16 蹴鞠が当たって花が散るのを惜しがる様子もない。

⑧匂宮と浮舟（浮舟）―宇治川での逢瀬―

いとはかなげなるものと、明け暮れ見出だす小さき舟に乗りたまひて、さし渡りたまふほど、[1]遥かならむ岸にしも漕《こ》ぎ離れたらむやうに心細くおぼえて、つとつきて[2]抱かれたるもいとらうたしと思す。[3]有明の月澄みのぼりて、水の面《おもて》も曇りなきに、「これなむ[4]橘《たちばな》の小島《こじま》」と申して、御舟しばしさしとどめたるを見たまへば、大きやかなる岩のさまして、[5]されたる常磐木《ときはぎ》の影しげれり。「かれ見たまへ。いとはかなけれど、千年《ちとせ》も経《ふ》べき緑の深さを」とのたまひて、

（匂宮）[6]年経《ふ》ともかはらむものか橘の小島のさきに契る心は

女も、めづらしからむ道のやうにおぼえて、

（浮舟）[7]橘の小島の色はかはらじをこのうき舟ぞゆくへ知られぬ

をりから、人のさまに、をかしくのみ、何ごとも思しなす。

かの岸にさし着きて下《お》りたまふに、[8]人に抱《いだ》かせたまはむはいと心苦しければ、抱きたまひて、助けられつつ入りたまふを、いと見苦しく、何人《なにびと》をかくもて騒ぎたまふらむと見たてまつる。[9]時方が叔父《をぢ》の因幡守《いなばのかみ》なるが領《らう》ずる庄《さう》にはかなう造りたる家なりけり。まだいと荒々しきに、[10]網代屏風《あじろびやうぶ》など、御覧《らむ》じも知らぬしつらひにて、風もことにさはらず、垣のもとに雪むら消えつつ、今もかき曇りて降る。

日さし出でて軒《のき》の[11]垂氷《たるひ》の光りあひたるに、人の御容貌《かたち》もまさる心地す。宮も、と

1彼《か》の岸（あちらの岸）。宇治川を挟んで渡っていく方向の岸。彼岸浄土《ひがんじようど》の連想か。浮舟は此《こ》の岸（現世）から離れていくという幻想的な感覚にとらわれている。　2寄りすがる浮舟をいじらしいと思う匂宮の心情。　3陰暦二十日頃の明け方まで残っている月。ここでは二月二十日前後の月。　4『伊勢物語』第九段の「これなむ都鳥」を連想させる。「橘の小島」は常緑樹で、「今もかも咲きにほふらむ橘の小島の崎の山吹の花」（『古今和歌集』巻第二・春下・読み人知らず・一二一）が初出。ここでは二月下旬のため、「橘の小島」に繁っているのは木のみ。　5「されたる」はしゃれているの意。「常磐木」は常緑の広葉樹。　6「橘は実さへ花さへその葉さへ枝に霜ふれどはや常磐の木」（『古今六帖』第六・たちばな・四二五〇、原歌『万葉集』巻第六・聖武天皇・一〇〇九）。橘の小島の一年中変わらない緑色の不変性から、永遠の愛を誓う匂宮の歌。　7巻名の由来。「うき（浮き）」に「憂き」を掛ける。宇治川に浮いてあてもなく彷徨う小舟に、頼りない匂宮の愛と、はかない身の上を自覚する浮舟の歌。　8隠れ家まで、浮舟を女の装束で歩かせるのはかわいそうだと、匂宮は自ら浮舟を抱きかかえる。　9「時方」は匂宮の従者。隠れ家は時方の叔父が所領とする荘園の家。因幡は現在の鳥取県。　10網代（檜・竹・葦などを薄く細く削り、交差

ころせき道のほどに、軽《かる》[12]らかなるべきほどの御衣《ぞ》どもなり、女も、脱ぎすべさせたまひてしかば、細やかなる姿つきいとをかしげなり。

させながら編んだもの）を張った屏風。11氷柱《つらら》が光に反射してきらきら光る早春の清冽な朝の風景。12人目をはばかる道中のため、軽装の狩衣《かりぎぬ》・指貫《さしぬき》姿。

宇治川にかかる宇治橋の旧橋姫神社
（撮影：小山利彦）
橋姫は宇治橋を守る神。古くは橋の中ほどに張り出した「三の間」に祀られていたが、その後、橋の西詰、現在の場所に移動。

夢浮橋之古蹟にある紫式部像（撮影：小山利彦）

コラム――米国議会図書館（Library of Congress）への旅

米国議会図書館（Library of Congress）に所蔵されている『源氏物語』（通称LC本）の写本がある。米国議会図書館は日本の国立国会図書館のモデルとされ、アメリカのワシントンD．C．に位置し、所蔵品が一億点を超える世界最大規模の国立図書館である。

LC本（LC control No.2008427768）は、米国議会図書館アジア部日本課（Japanese Rare Book Collection）に二〇〇八年より所蔵された『源氏物語』写本の新出資料で縦二五～二五・二センチ、横一六・八～一七センチ、五四帖揃、列帖装《れつじょうそう》（綴葉装《てつちょうそう》）、料紙は鳥の子、題簽《だいせん》は朱色、表紙は濃青色（後補改装か）、慳貪《けんどん》式の塗箱に納められている。伝承筆者は五辻諸仲《いつつじもろなか》（一四八七～一五四〇）、外題は三条西実隆《さんじょうにしさねたか》（一四五五～一五三七）によるという古筆了仲《りょうちゅう》（一六五六～一七三六）の折紙が添えられている。それゆえ、書写年代は蔵書目録（http://con.loc.gov/2008427768）で実隆没年の一五三七年以前とされる。

五辻家は宇多源氏、庭田《にわた》氏と同じ祖、源 雅信《みなもとのまさざね》の子である源時方《ときまさ》を祖とする。家格は半家、家業は神楽で、仲兼《なかかね》以降、五辻家と称し、諸仲はその子孫である。諸仲が従三位に叙せられ、その後堂上《とうしょう》家に加わる。逍遙院流に諸仲の名が見え、『実隆公記』永正五年（一五〇八）九月七日条には、諸仲が五枚の三十六歌仙の画の色紙に歌を書いてほしいと所望し、色紙を預け置いたという記述も見えることから、諸仲は書や和歌を通して、実隆と関わりのあった人物であるといえる。

諸仲が書写したとされる『源氏物語』については、渡部榮氏の著書『源氏物語従一位麗子本之研究』（大道社、一九三六年）に興味深い記述がある。「従一位麗子本」とは源麗子《れいし》により平安末期に作られたとされる『源氏物語』の写本をさす。麗子は村上天皇の子具平《ともひら》親王の孫、源師房《もろふさ》と藤原道長の五女尊子《そんし》との娘、藤原師実《もろざね》の妻である。昭和初期、従一位麗子本の転写本と見られる写本が出現した。それが、渡部氏が著書で述べられている写本（麗子本）である。麗子本を調査するにあたり、渡部氏は「源氏物語四半本全五辻殿諸仲卿真筆外題三條西殿実隆公御筆無疑者也」とい

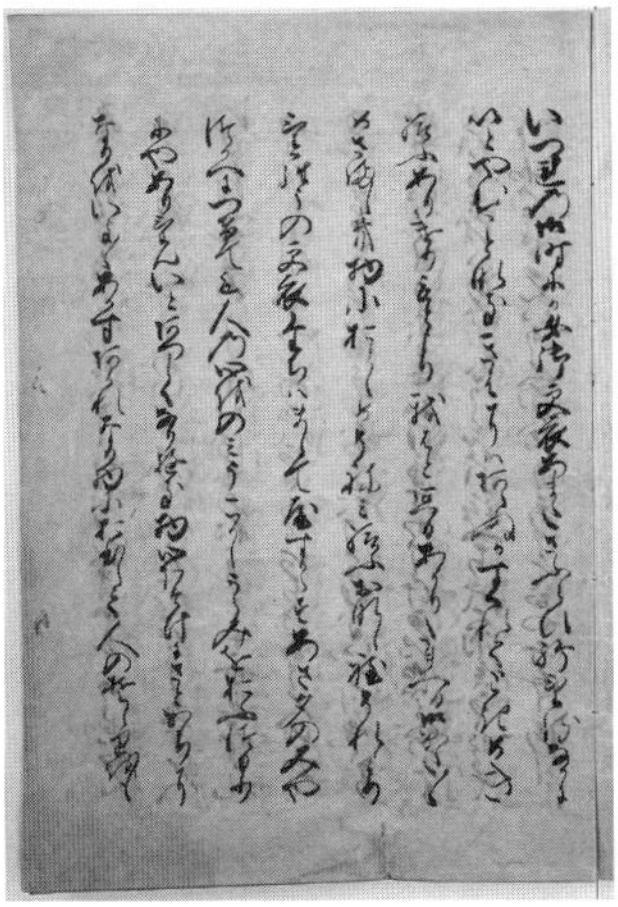

LC本『源氏物語』桐壺巻冒頭

Library of Congressの閲覧室（撮影：菅原郁子）

う極札《きわめふだ》の付いた諸仲の真筆《しんぴつ》本（諸仲本）を用いたと記している。この諸仲本の極札の記述がＬＣ本の折紙の記述と一致するのである。さまざまな古写本において、かつては取り上げられていたものの、戦争で行方知れずとなったものも少なくない。その代表格が渡部氏のいう麗子本であり、いくつかの写本と比較している中に諸仲本がある。麗子本と同様、諸仲本も所在不明であるが、折紙の一致にとどまらず、書誌概要もＬＣ本は諸仲本に極めて近いのである。そこで、渡部氏の著書に掲載されている諸仲本桐壺巻とＬＣ本桐壺巻の本文を比較してみると、二つ以外の諸写本にはなく、二つの本文にしか見られない独自の共通異文（約三〇例）が散見され、両者が極めて近い本文形態を持つと考えられるのである。

つまり、ＬＣ本は、昭和初期、渡部氏が見て以来行方不明であった諸仲真筆本そのものであると考えられる。麗子本との関係で『源氏物語』研究史上に姿を現した伝本が、八〇年以上の歳月を経て、その存在が明らかになったわけで、これは写本の伝流史という観点からも重要であるといえる。そして、ＬＣ本は諸仲本を通して、『源氏物語』の現存最古の写本とされる、従一位麗子本を探る一つの手立てとなる可能性も秘めた本文であることが期待される本文、ということになろう。日本で書写された『源氏物語』の写本が、遠く離れたアメリカの地で再発見されるという現実が、写本の旅路へと私たちをいざなうのである。

（菅原郁子）

＊本稿については、拙著『源氏物語の伝来と享受の研究』所収、第二篇第五章「米国議会図書館蔵『源氏物語』の本文―麗子本対校五辻諸仲筆本の出現―」（武蔵野書院、二〇一六年）に詳述する。

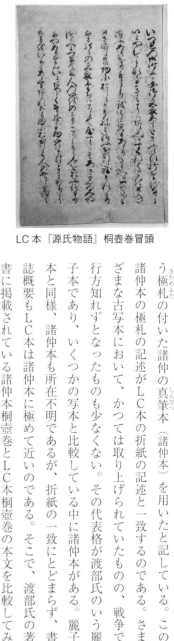

枕草子

小山利彦

土佐光起筆『清少納言図』
（東京国立博物館所蔵。ColBase：国立博物館所蔵品統合検索システムより）

①春はあけぼの[1]—四季折々の美—

[2]春はあけぼの。やうやうしろくなりゆく山ぎは、すこしあかりて、[3]紫だちたる雲のほそく[4]たなびきたる。

夏は夜《よる》。月のころは[5]さらなり、[6]闇《やみ》もなほ、蛍《ほたる》のおほく飛びちがひたる。また、ただ一つ二つなど、ほのかにうち光りて行くもをかし。[7]雨など降るもをかし。

秋は夕暮《ゆふぐれ》。[8]夕日のさして[9]山の端《は》いと近うなりたるに、烏《からす》のねどころへ行くとて、三つ四つ、[10]二つ三つなど飛びいそぐさへ[11]あはれなり。まいて雁《かり》などのつらねたるが、いと小さく見ゆるは、いとをかし。[12]日入《い》り果てて、風の音《おと》、虫の音《ね》など、はた言ふべきにあらず。

冬はつとめて。雪の降りたるは言ふべきにもあらず、霜のいと白きも、またさらでもいと寒きに、火などいそぎおこして、[13]炭《すみ》持《も》てわたるも、いと[14]つきづきし。昼になりて、ぬるくゆるびもていけば、[15]火桶《ひをけ》の火も、白き灰《はひ》がちになりてわろし。

＊清少納言の描き方をみると、通俗的類型的美については多くを語らない。一見意外と思わせる視角から対象をとらえ、読者を納得させて行く。四季折々の美を描く場合でも常識的な美にとどまらない。闇夜であっても蛍を配したり、王朝期の花鳥風月としては不似合いの烏などをさえ、見事な美的点景に仕立てあげて見せる。

1 この章段は『枕草子』を貫く美意識の総序にあたる。
2 「春はあけぼのをかし」、の構文で理解する。
3 古代紫のことで、今日の赤紫。
4 連体形で結んでいる。やはり「をかし」を置いて理解する。
5 「言ふもさらなり」の略。言うまでもない美しさとしている。
6 月のない夜のこと。
7 前文から続いた景物として理解する。雨はふつう好まれるものではないが、蛍が飛んでいれば雨夜まで風情がある。
8 能因《のういん》本「夕日花やかに」。前田本・堺本「夕日のきはやかに」とある。
9 山陵。
10 三巻本は「二つ三つ」だが、能因本等には「三つ」がない。
11 本来風雅の対象にはならない「烏」を「あはれ」としてとらえている。
12 日が没すると、視覚から聴覚の感動へ移る。
13 「わたる」で空間の広さが偲ばれ、清少納言の宮仕え生活の中からの表現と思われる。
14 付き付きし、か。
15 丸火鉢。

東山鳥戸野《とりべの》定子陵（撮影：小山利彦）
東山は王朝人にとって身近に見える山なみであった。西麓には賀茂川が流れている。晴れた朝には東山からの日の出を眺めることができた。またこの山なみには鳥辺野という王朝以来の墓所があり、『枕草子』における最高の女性中宮定子が土葬されている。その陵は今なお寂しい森木立の中を登った地にある。晩年の清少納言がここに近い月輪《つきのわ》に住み、華やかな宮廷生活を偲びつつ、定子陵を拝する日々を送っていたという。

清少納言の晩年の住まいと月輪―泉涌寺《せんにゆうじ》内の清少納言歌碑（撮影：小山利彦）

②清涼殿の丑寅の隅の[1]—中関白家《なかのかんぱく》の栄耀—

清涼殿《せいりやうでん》[2]の丑寅《うしとら》[3]の隅《すみ》の、北のへだてなる御障子《みさうじ》[4]は、荒海《あらうみ》のかた、生きたる物どものおそろしげなる、手長足長《てながあしなが》[5]などをぞかきたる。上《うへ》の御局《つぼね》[6]の戸を押し開《あ》けたれば、常に目に見ゆるを、にくみなどして笑ふ。

高欄《かうらん》[7]のもとに青きかめ[8]の大きなるをすゑて、桜の、いみじうおもしろき枝の五尺ばかりなるを、いとおほくさしたれば、高欄の外《と》まで咲きこぼれたる昼方《ひるかた》、大納言[9]殿、桜[10]の直衣《なほし》[11]のすこしなよらかなるに、濃《こ》き紫の固紋《かたもん》[12]の指貫《さしぬき》[13]、白き御衣《ぞ》ども、うへには濃き綾《あや》の、いとあざやかなるを出《い》[14]だして、まゐりたまへるに、上[15]のこなたにおはしませば、戸口の前なるほそき板敷《いたじき》にゐたまひて、物など申したまふ。（中略）

宮[16]の御前《おまへ》の、御几帳《みきちやう》押しやりて、長押《なげし》[17]のもとに出でさせたまへるなど、何となく、ただめでたきを、候《さぶら》ふ人も、思ふことなき心地《ここち》するに、「[18]月も日もかはりゆけども久《ひさ》に経《ふ》るみむろの山の」といふ事を、いとゆるらかにうち出だしたまへる、いとをかしうおぼゆるにぞ、げに千歳《ちとせ》もあらまほしき御ありさまなるや。

＊中関白藤原道隆は正暦元年（九九〇）五月、父兼家に続きその地位につく。すでに同年正月には娘定子が一条天皇後宮に入っていた。定子は七月、中宮となり、才色兼備の女性として帝寵も厚かった。兄伊周も若くして大納言・内大臣と昇進し、清少納言にとっては憧れの貴公子と映った。道隆の薨去《こうきょ》する長徳元年（九九五）までは華やかなサロンを形成した。

1 正暦五年（九九四）春の逸話。
2 内において天皇が日常生活を営む御殿。
3 孫廂《まごびさし》の北東の隅。
4 衝立《ついたて》障子で荒海の障子と称されている。南面は手長足長、北面に宇治の網代《あじろ》を描いている。
5 『山海経《せんがいきょう》』に出て来る中国の想像上の生物。
6 弘徽殿《こきでん》の上の御局。中宮定子が用いている。
7 簀子《すのこ》の外回りにめぐらしている欄干。
8 舶来の青磁の瓶。
9 中宮定子の兄、藤原伊周《これちか》のこと。中関白道隆息で家嫡。この年二十一歳で、八月には内大臣に異例の昇進。
10 表が白、裏が赤または紫の襲《かさね》の色。
11 天皇・貴族の常用の服。勅許を得た者は直衣で参内できた。
12 紋柄を固く織った衣。
13 袴で裾のまわりに緒を通し、しぼり込んではくことができる。
14 出衣《いだしぎぬ》。出袿《いだしうちぎ》。直衣《のうし》の下に着た衣の裾を上衣から出して着る。しゃれた着かた。
15 一条天皇、十五歳。
16 中宮定子、十九歳。
17 廂《ひさし》と簀子の間の敷居に近い木。
18 大納言の詞。原歌は『万葉集』巻一三所収の古歌。

清涼殿と東庭（撮影：小山利彦）

天皇が日常生活を過ごす御殿である。東庭に面して建っている。天皇以外では后達の用いる上の御局や、殿上人が侍す殿上の間等がある。孫廂には荒海の障子や昆明池《こめいち》の障子・年中行事の障子が立てられている。前庭にあたる東庭では男踏歌《おとことうか》や賀茂祭・石清水祭の宮中の儀が催され、歌舞が奏されていた。

清涼殿の孫廂の荒海の障子・昆明池の障子（撮影：小山利彦）

③すさまじきもの—清少納言にとって興ざめな物事—

すさまじきもの　昼ほゆる犬。春の網代《あじろ》[1]。三、四月の紅梅の衣《きぬ》[2]。牛死《し》にたる牛飼《うしかひ》。ちご亡《な》くなりたる産屋《うぶや》。火おこさぬ炭櫃《すびつ》[3]、地火炉《ぢくわろ》。博士《はかせ》[4]のうちつづき女児《をんなご》生《む》ませたる。方違《かたたが》へ[5]に行《い》きたるに、あるじせぬ[6]所。まいて節分《せちぶん》[7]などは、いとすさまじ。

人の国[8]よりおこせたる文《ふみ》の物[9]なき。京《きやう》のをもさこそ思ふらめ、されど、それはゆかしき事どもをも書きあつめ、世にある事などをも聞けばいとよし[10]。人のもとにわざと清《きよ》げに書きてやりつる文の返事《かへりごと》、今はもて来《き》ぬらむかし、あやしうおそきと、待つほどに、ありつる文[11]、立《た》て文《ぶみ》[12]をも結びたる[13]をも、いときたなげに取りなし、ふくだめて、上《うへ》[14]に引きたりつる墨など消えて、「おはしまさざりけり」、もしは、「御物忌《ものいみ》[15]とて取り入れず」と言ひて、持て帰りたる、いとわびしくすさまじ。

また、かならず来《く》べき人のもとに車をやりて待つに、来《く》る音《おと》すれば、さななり[16]と、人々出《い》でて見るに、車宿り[17]にさらに引き入れて、轅《ながえ》[18]ほうとうちおろすを、「いかにぞ」と問へば、「今日《けふ》は外《ほか》へおはしますとて、わたりたまはず」などうち言ひて、牛のかざり引き出でていぬる。

1 川に木や竹を編んだしかけを作り、氷魚《ひお》を取る。宇治川のそれが名高い。清涼殿《せいりょうでん》弘廂《ひろびさし》にある荒海障子の裏面に宇治川の網代図が描かれている。冬の風物詩である。
2 襲《かさね》の色目で、表紅で裏紫といわれる。陰暦一月から二月までに着る。
3 炭櫃は角火鉢、地下炉はいろり。
4 大学寮や陰陽《おんよう》寮の官名で、男子が世襲するのがふつう。
5 陰陽道の風習で、忌む方角を避けて別の場所に移ってから、目的地に向かうこと。
6 もてなしをすること。
7 立春・立夏・立秋・立冬の前日は方違えの風習があった。
8 都以外の他国、地方。
9 土地の名産。
10 作者の都中心的な志向がうかがえる。
11 こちらから贈った文。
12 細くたたみ、両端を折った正式の文。
13 細長くたたみその中か上を結んだ文。
14 封じ目に引いた墨。
15 陰陽道の風習で、凶日や凶兆を避けて、ある期間外との交わりをしないこと。
16 「さなるなり」の略。
17 牛車の車庫。
18 牛車を牛につなぐための長い柄のこと。

網代（『石山寺縁起絵』石山寺所蔵。『日本絵巻物全集 石山寺縁起絵』角川書店、1966年より）
宇治川で氷魚を取るための設備である。杙《くい》をしだいに狭めるように並べて、その端を簗《やな》のようにして魚を寄せ集めて取る。すでに『万葉集』にも詠まれ、王朝人によって冬の宇治川の風物詩であった。現在京都御所の清涼殿弘廂の障子にそれが描かれている。『古今著聞集』巻第一一「紫宸殿賢聖障子並びに清涼殿等の障子画の事」の中に記されている。

平安神宮内に置かれた牛車の轅《ながえ》（撮影：小山利彦）

④無名といふ琵琶の御琴を─王朝の管絃─

「無名《むみやう》といふ琵琶《びは》[1]の御琴《こと》を、上《うへ》[2]の持《も》てわたらせたまへる[3]に、見などして、かき鳴ら[4]しなどす」と言へば、弾《ひ》[5]くにはあらで、緒《を》[6]などを手まさぐりにして、[7]「これが名よ、いかにとか」と聞えさするに、[8]「ただいとはかなく、名もなし」とのたまはせたるは、なほいとめでたしとこそおぼえしか。

淑景舎《しげいさ》[9]などわたりたまひて、御物語のついでに、[10]「まろがもとにいとをかしげなる笙《さう》[11]の笛《ふえ》こそあれ。故殿《ことの》[12]の得《え》させたまへりし」とのたまふを、僧都《そうづ》[13]の君「それは隆円《りゆうゑん》に給へ。おのがもとにめでたき琴《きん》[14]はべり。それにかへさせたまへ」と申したまふを聞きも入れたまはで、ことごとをのたまふに、いらへさせたてまつらむとあまたたび聞えたまふに、なほ物ものたまはねば、宮の御前《おまへ》[15]の、[16]「いなかへじとおぼしたるものを」とのたまはせたる御けしきの、いみじうをかしきことぞ限りなき。この御笛の名、僧都の君もえ知りたまはざりければ、ただうらめしうおぼいためる。これは職《しき》[17]の御曹司《みざうし》におはしましほどの事なめり。上《うへ》の御前にいなかへじといふ御笛の候《さぶら》ふ名なり。

1 中国伝来の四絃（五絃のものもある）の琴。
2 一条天皇。
3 中宮定子の御局《みつぼね》においでになる。
4 女房が試しに、つまびいている。
5 清少納言の行為。
6 絃。
7 清少納言の詞。「いかにとか」の「とか」に本文異同がある。
8 中宮定子の詞。「名もなし」に琵琶の銘をこめる。
9 中宮定子の妹原子《げんし》。長徳元年（九九五）東宮妃として入内、淑景舎（桐壺）に住む。
10 淑景舎の詞。
11 中国伝来の笛。長短一七本の竹を環状に並べ、その下部に匏《ふくべ》をつけた形状。
12 父藤原道隆《みちたか》。長徳元年薨去《こうきよ》。
13 道隆四男隆円《りゆうえん》。定子の弟で原子の兄。正暦五年（九九四）権少僧都《ごんのしようそうず》。
14 中国伝来の七絃琴。琴《きん》の琴《こと》という。「清涼殿の丑寅の隅の」の章段に小一条左大臣師尹《もろまさ》が娘の村上天皇女御芳子《ほうし》に教えていたことの一つに、琴の琴があった、と伝えている。
15 中宮定子のこと。
16 笙の銘と「否代へじ」をかけている。定子の即妙の才をあらわしている。この笙は『江談抄《ごうだんしよう》』にも逸話を残す名器。
17 中宮職《ちゆうぐうしき》の曹司。中務省に属し、内裏の北東に道を隔てて位置している。

笙
（天理大学雅楽部。
撮影：小山利彦）

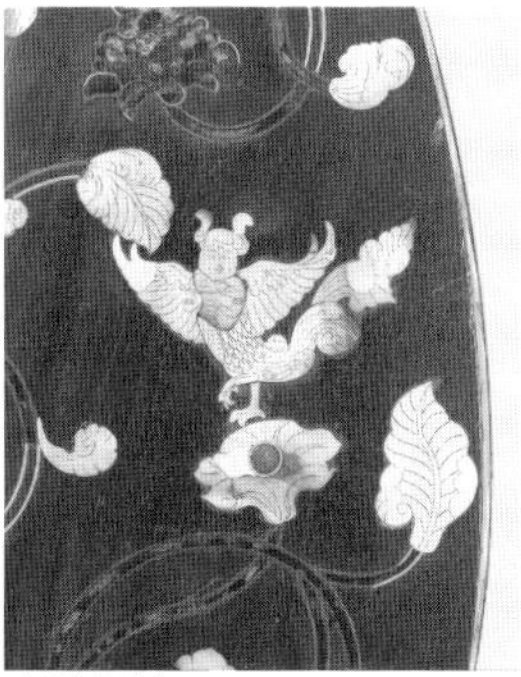

螺鈿《らでん》紫檀《したん》琵琶（背面・部分）
の迦陵頻伽《かりようびんが》（正倉院宝物）

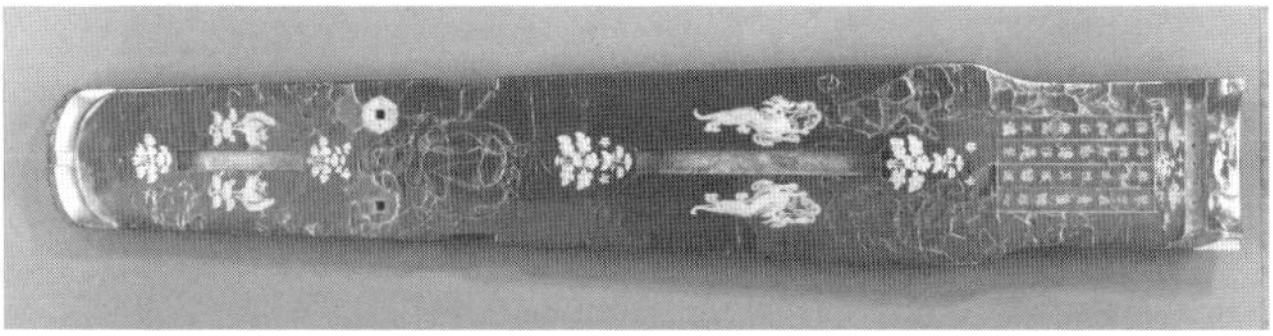

（背面）

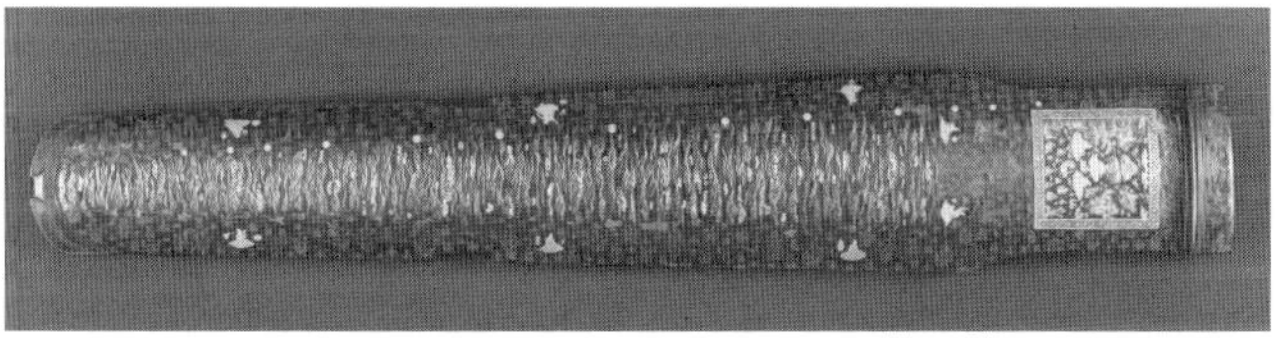

（正面）

琴《きん》の琴《こと》（正倉院宝物）

『枕草子絵巻』「無名といふ琵琶の御琴」
（画像提供：東京文化財研究所）
「無名」という銘の琵琶を前にして一条天皇と中宮定子が仲睦まじく語り合っている様子が描かれている。才色兼備の定子は帝の寵愛も厚かった。しかし現実は父中関白道隆は薨去し、兄弟の内大臣伊周や中納言隆家も叔父右大臣道長のために権力を失いつつあるという、厳しい状況に陥っていた。“をかし”の文学の背景にあるこうした史実を見落とすことはできない。帝は冠に直衣《のうし》、中宮は裳《も》・唐衣《からぎぬ》を着している。

コラム――『枕草子』と風景

1、『枕草子』と賀茂祭

『大鏡』「師輔《もろすけ》伝」において御堂《みどう》関白道長は一条天皇彰子腹皇子、敦成《あつひら》・敦良《あつなが》両親王を両膝に据えて賀茂祭を見物していることが語られる。しかも行粧《ぎょうそう》の主役大斎院《だいさいいん》選子《せんし》内親王と交流していて、大斎院と彰子中宮が三十一文字《みそひともじ》を贈答している。正に御堂関白家の稀に見る栄耀を描写している。ところがこの描写は虚構であった。道長自身の記した『御堂関白記』寛弘七年（一〇一〇）四月二十五日条では一条大路の桟敷《さじき》ではなく、「祭の還《かへ》さ」の大宮大路北延長路において、両親王ではなく敦成親王のみの見物《みもの》であった。『枕草子』二〇六段「見物は」にも掲げられている。一条大路の雑踏よりは郊外の大宮大路北延長路の方が心地良い見物となっていた。

（前略）雲林院《うりんゐん》、知足院《ちそくゐん》などのもとに立てる車ども、葵《あふひ》、桂《かつら》どももうちなびきて見ゆる。日は出でたれども、空はなほうち曇りたるに、いみじういかで聞かむと目をさまし起きゐて待たるる郭公《ほととぎす》の、あまたさへあるにやと鳴きひびかすは、いみじうめでたしと思ふに（下略）

清少納言は初夏の最高の風情として、いたく感動している。春の鶯よりも夏の郭公が最高の風趣と思われる。

2、フィールド資料としての『枕草子』

清少納言は外出好みであることが、『枕草子』からも窺うことができよう。九五段「五月の御精進《さうじ》のほど」の章段で、「賀茂《かも》の奥に、なにさきとか」という場所に、清女の愛好する郭公の声を聞きに行っている。この賀茂は上賀茂か下賀茂かまたどちらかとも定め難いのかという諸説に別れている。新潮日本古典集成版頭注では松ヶ崎で高階明順《たかしなのあきのぶ》の山荘の周辺としている。「なにさき」という段階では「松ヶ崎」でかまわない。ただ地名のヒントとして、

なにさきとかや、七夕《たなばた》のわたる橋にはあらで、にくき名ぞ聞えし

と、記される。「松ヶ崎」では「にくき名」即ち悪いイメージの言辞ではなく、松という縁起の良い木で、郭公より鶴にふさわしい木である。清女は同じ章段で『後撰和歌集』の撰者「元輔が後」と呼ばれていることを書き留めている歌の家の一族で、和歌の教養には精通しているはずである。

京都大学・吉田泉殿（平安時の賀茂御祖神社禰宜亭）（撮影：小山利彦）

百萬遍知恩寺内賀茂神社（平安時の賀茂御祖神社禰宜亭）（撮影：小山利彦）

「なにさき」という語音には「かわさき」「こうさき」という言辞が下賀茂にあり、賀茂県主《あがたぬし》が領有する河崎惣社がある。また賀茂御祖《みおや》神社の社域に河崎泉亭という禰宜《ねぎ》邸もある。この地名は『日本三代実録』『明月記』『百錬抄』などにも記され、行幸も行なわれている。下鴨神社では河崎泉亭の古絵図を所蔵している。「七夕のわたる橋」と説明されるのは七夕の星が渡るという「鵲《かささぎ》の橋」のことであり、「かささぎ」の音とも近いというわけである。

「河崎」か「幸崎」の地であれば、「皮裂き」とか「幸裂き」の語音を当てはめれば、「憎い」ニュアンスが出て来る。賀茂御祖神社禰宜邸のある「河崎」に郭公をたずねているともみなせよう。現在の地域で言えば河崎惣社の跡地が田中郷から、境内に賀茂明神社が鎮座する百萬遍知恩寺、南は京都大学北側までの空間と推定できる。

＊本論は拙著『王朝文学を彩る軌跡』所収「『枕草子』賀茂の郭公試論」（武蔵野書院、二〇一四年）を参考にしている。

（小山利彦）

⑤あはれなるもの―話好きな清少納言―

あはれなるもの　[1]孝《けう》ある人の子。よき男《をとこ》の若きが、[2]御嶽精進《みたけさうじ》したる。[3]たてへだてゐてうちおこなひたる、[4]暁《あかつき》の額《ぬか》、いみじうあはれなり。[5]むつましき人などの、目さまして聞くらむ、思ひやる。詣《まう》づるほどのありさま、いかならむなどつつしみおぢたるに、たひらかに[6]詣で着きたるこそいとめでたけれ。[7]烏帽子《えぼうし》のさまなどぞ、すこし人わろき。なほいみじき人と聞ゆれど、こよなくやつれてこそ詣づと知りたれ。

[8]右衛門佐宣孝《うゑもんのすけのぶたか》といひたる人は、「あぢきなき事なり。ただ清き衣《きぬ》を着て詣でむに、なでふ事かあらむ。かならずよも『あやしうて詣でよ』と[9]御嶽《みたけ》さらにのたまはじ」とて、三月つごもりに、紫のいと濃《こ》き[10]指貫《さしぬき》、白き[11]襖《あを》、[12]山吹《やまぶき》のいみじうおどろおどろしきなど着て、[13]隆光《たかみつ》が主殿亮《とのものすけ》なるには、青色の襖、紅《くれなゐ》の衣《きぬ》、摺《す》りもどろかしたる[14]水干《すいかん》といふ袴《はかま》を着せて、うちつづき詣でたりけるを、帰る人も今詣づるも、めづらしうあやしき事に、「すべて昔よりこの山にかかる姿の人見えざりつ」と、あさましがりしを、四月ついたちに帰りて、六月十日のほどに、[15]筑前守《ちくぜんのかみ》の辞《じ》せしになりたりしこそ、「げに言ひけるにたがはずも」と聞えしか。[16]これはあはれなる事にはあらねど、御嶽《みたけ》のついでなり。

＊清少納言は話題が豊かで、ウイット・センスを備えた陽気な社交家である。友人としたらさ

1単なる親孝行ではなく、親の喪に服している子のこと。

2吉野の金峯山《きんぷせん》に詣でるために精進潔斎をすること。金峯山は黄金を埋蔵する、霊験あらたかな御嶽と信じられていた。

3家人とも別の部屋に住んでいる。

4勤行をしている明け方の礼拝。

5近くの親しい人が目をさまして聞いているであろうことを、想像する。

6京に戻ったこと。一説に金峯山に着いたこと。

7烏帽子などもやつしたものを用いていたのであろうか。

8藤原宣孝。正暦元年（九九〇）筑前守。長徳四年（九九八）右衛門権佐《ごんのすけ》兼山城守。長保三年（一〇〇一）没。長保元年（九九九）紫式部との間に賢子《けんし》をもうけている。

9金峯山寺蔵王堂の本尊、金剛蔵王権現。

10袴で裾の回りに緒をさし通して、それをしぼってはく。

11もとは武官の朝服である、闕腋《けつてき》の袍《ほう》の別称。狩衣《かりぎぬ》のことを言うようになる。

12袿《うちき》の襲《かさね》の色。山吹襲は表黄、裏青。

13宣孝の長男。主殿寮の次官。

14のりを用いず水だけで張った絹の衣で、狩衣より簡素な服。長袴を着し水干袴という。

15清少納言は任官に注目している。「すさまじきもの」に「除目《じもく》に司《つかさ》得ぬ人の家」がある。

16『紫式部日記』の清少納言批評に

ぞかし楽しい人であろう。一方『枕草子』に「すべて人に一に思はれずは、なにかはせん」云々と主張している程で、他人への思いやりに欠ける面がある。本章でも紫式部の夫となった宣孝の派手好みを暴露しており、紫式部の心証を悪くしたとも説かれている。

連関する、との説がある。

雲間に浮かぶ吉野の金峯山寺蔵王堂（撮影：小山利彦）

役小角《えんのおづぬ》によって、開かれたと伝えられる、修験道の霊場である。宇多・花山の両法皇も参詣しているが、藤原道長のそれが名高い。寛弘４年（1007）８月11日の日付の刻まれた金銅製の経筒も発掘されている。金剛蔵王権現の霊験でもあるかのように、翌５年９月11日には中宮彰子が敦成《あつひら》親王を出産する。道長はやっと外戚の地位を得た。この宣孝も御獄詣後早速、筑前守にありついたと、清少納言は面白く語っている。

『石山寺縁起絵』の水干・指貫・狩衣（馬上の人物）

（石山寺所蔵。『日本絵巻物全集 石山寺縁起絵』角川書店、1966年）

⑥八幡《やはた》の行幸《ぎやうかう》―一条帝の還御を見る東三条院詮子《せんし》―

[1]八幡《やはた》の行幸《ぎやうかう》の、かへらせたまふに、[2]女院《にようゐん》の御桟敷《さじき》のあなたに[3]御輿《こし》とどめて、[4]御消《せう》息《そこ》中させ[5]たまふ。世に知らずいみじきに、[6]まことにこぼるばかり、化粧《けさう》じたる顔みなあらはれて、いかに見苦しからむ。

[7]宣旨《せんじ》の御使《つかひ》にて[8]斉信《ただのぶ》の宰相《さいしやうの》中将の、御桟敷へまゐりたまひしこそ、いとをかしう見えしか。ただ[9]随身《ずいじん》四人、いみじう装束《さうぞ》きたる、[10]馬副《むまぞひ》の、ほそく白くしたてたるばかりして、[11]二条の大路《おほぢ》の広く清げなるに、めでたき馬をうちはやめていそぎまゐりて、すこし遠くより下《お》りて、[12]そばの御簾《みす》の前に候《さぶら》ひたまひしなどいとをかし。[13]御返しうけたまはりて、また帰りまゐりて、御輿《こし》のもとにて奏したまふほどなど、言ふもおろかなり。

　さて[14]うちのわたらせたまふを、見たてまつらせたまふらむ[15]御心地《ここち》思ひやりまゐらするは、飛び立ちぬべくこそおぼえしか。それには、長泣きをして笑はるるぞかし。[16]よろしき人だに、なほ子のよきはいとめでたきものを。かくだに[17]思ひまゐらするもかしこしや。

1 長徳元年(九九五)十月二十一日石清水八幡宮への行幸。翌日還御。
2 東三条院詮子。藤原兼家女。円融天皇後宮に入り、一条天皇を出産。正暦二年(九九一)落飾し、初の女院号を賜る。
3 一条天皇の御輿。
4 天皇から女院へのご挨拶。
5 能因本は、三巻本のように「たまふ。」で終わらず、「たまひしなど、いみじくめでたく、さばかりの御ありさまにて、かしこまり申させたまふが、」(日本古典文学全集版本文)と続く。
6 「まことに……見苦しからむ」は清少納言自らのことを記している。
7 天皇のことばをお伝えする使。
8 斉信は当時まだ頭中将《とうのちゅうじょう》で二十九歳。宰相(参議の唐風呼名)は長徳二年(九九六)四月から。
9 斉信とともに『枕草子絵巻』に描かれている。
10 行幸・行啓・勅使など公卿の乗馬に付き従う者。ただし、斉信はまだ公卿でなかったため、事実かどうかは疑問とされている。
11 史料から朱雀大路の説がある。
12 能因本によると、宣旨は女院の別当が取りついでいる。『枕草子絵巻』にも描かれている。
13 女院から天皇への返り。
14 一条天皇のこと。
15 女院のご心境。
16 「よき」より低い程度。並の身分の人。
17 清少納言が女院のご心境を推察している。

石清水祭における胡蝶の舞（撮影：小山利彦）
石清水八幡宮はとても勇壮な神を祀り、国家鎮護から厄除開運・殖産興業の神徳を有している。賀茂社と同様に祭には勅使が立つ。石清水祭は石清水放生会《ほうじようえ》として天皇をはじめとする幸福息災を祈願する。臨時祭は将門・純友の乱平定を祈願してから行なうようになった。

『枕草子絵巻』「八幡の行幸」の一条天皇の御輿（画像提供：東京文化財研究所）
一条天皇が石清水八幡宮から還御する華麗な行粧を描いている。この晴れ姿を桟敷の御簾越しに見ている母東三条院詮子の喜びが浮かんでくる。

⑦頭弁の、職にまゐりたまひて—清少納言の才と恋—

[1]頭弁《とうのべん》の、[2]職《しき》にまゐりたまひて、物語《ものがたり》などしたまひしに、夜いたうふけぬ。「明日《あす》[3]御物忌《ものいみ》なるに籠《こも》るべければ、[4]丑《うし》になりなばあしかりなむ」とてまゐりたまひぬ。

つとめて、[5]蔵人所《くらうどどころ》の[6]紙屋紙《かうやがみ》ひき重《かさ》ねて、[7]「今日《けふ》は、残りおほかる心地《ここち》なむする。夜をとほして、昔物語も聞え明かさむとせしを、鶏《にはとり》の声にもよほされてなむ」と、いみじう言《こと》おほく書きたまへる、[8]いとめでたし。御返りに、[9]「いと夜深《よぶか》くはべりける鳥の声は、[10]孟嘗君《まうさうくん》のにや」と聞《きこ》えたれば、立ち返り、[11]「『孟嘗君の鶏《にはとり》は函谷関《かんこくくわん》をひらきて、[12]三千の客《かく》わづかに去れり』とあれども、これは[13]逢坂《あふさか》の関なり」とあれば、

(清少納言)[14]「夜をこめて鳥のそら音《ね》にはかるとも世に[15]逢坂の関はゆるさじ

心かしこき関守《せきもり》侍り」と聞ゆ。また、立ち返り、

(頭弁)[16]「逢坂は人越えやすき関なれば鳥鳴かぬにもあけて待つとか」

とありし文《ふみ》どもを、はじめのは、[17]僧都《そうづ》の君いみじう額《ぬか》をさへつきて取りたまひてき。[18]後々《のちのち》のは、[19]御前《おまへ》に。

1 藤原行成《ごうぜい》。長徳元年(九九五)八月二十九日蔵人頭。長徳二年四月二十四日権左中弁《ごんのさちゆうべん》。同年八月五日左中弁。四年十月二十二日右大弁。

2 定子が職の御曹司《みぞうし》を仮御座所としていたのは長徳二年(九九六)二月二十五日から三月四日までと、長徳三年六月二十二日から長保元年(九九九)八月九日までである。この章段は後の期間の挿話といえる。

3 宮中の物忌。

4 午前二時ごろ。翌日に入ってしまう。

5 校書殿《きょうしょでん》内の西廂にある蔵人の詰所。

6 紙屋院(平野社前紙屋川畔)ですいた、宮中で使用する紙。

7 行成の詞。「今日は」は能因《のういん》本で「後のあしたは」とある。後朝《きぬぎぬ》の文を思わせるのである。

8 行成は能筆家で三蹟《さんせき》の一人。

9 清少納言の詞。清少納言の漢才を示す。

10 『史記』孟嘗君列伝の故事。孟嘗君は戦国時代の斉の公族。囚われた秦国を逃れんと、函谷関にまで至り、食客の鶏鳴によって関守をだまし脱出することができたという。

11 行成の詞。

12 孟嘗君の食客は三〇〇〇人もいたという。

13 行成が言う逢坂の関のことです、とは清少納言と逢った夜のことです、の意。

14 夜明け近く鶏の鳴きまねでだま

逢坂山の道跡　現 国道１号線（撮影：小山利彦）

王朝人にとって逢坂の関は東国との玄関口であり交通の要所であったが、人に「逢ふ坂」という意に読みとれることから歌枕として、文学作品にも出て来ることが多い。『枕草子』の「関は」の章段でも嚆矢《こうし》としてあげられている。関の設置年代は明確ではないが、大化２年（646）改新による諸制度が整えられた時、畿内の北限の関として置かれたことであろう。平安京遷都後間もなく関の必要性もなくなり、関跡として名を留めることとなる。清少納言の歌は『小倉百人一首』にも選ばれ、逸話も広がることとなった。

関蟬丸神社上社（撮影：小山利彦）

『源氏物語』関屋巻の舞台となったと推定される関跡。

そうとすること。

15 逢坂の関は開けたりしないこと。

16 清少納言の貞節さをこめている。

17 行成の返歌は清少納言の多情を詠んでいる。

17 定子の弟、隆《りゅう》円《えん》僧都。

18 行成のしたためた後の文。

19 中宮定子の御前。

⑧祭の還さ—都の初夏を彩る風物詩—

[1]祭の還《かへ》さ、いとをかし。[2]昨日《きのふ》はよろづの事うるはしくて、[3]一条の大路《おほぢ》のひろう清げなるに、日の影も暑く、車にさし入りたるも、まばゆければ、扇《あふぎ》して隠し、ゐなほり、久しく待つも苦しく、汗などもあえしを、今日《けふ》はいととくいそぎ出でて、[4]雲《う》林院《りんゐん》、[5]知足院《ちそくゐん》などのもとに立てる車ども、[6]葵《あふひ》、桂《かつら》どももうちなびきて見ゆる[7]。日は出でたれども、空はなほうち曇りたるに、いみじういかで聞かむと目をさまし起きゐて待たるる[8]郭公《ほととぎす》の、あまたさへあるにやと鳴きひびかすは、いみじうめでたしと思ふに、鶯《うぐひす》の老いたる声して、[9]かれに似せむと、[10]ををしううち添へたるこそにくけれど、またをかしけれ。

[11]いつしかと待つに、[12]御社《みやしろ》の方《かた》より、[13]赤衣《あかぎぬ》うち着たる者どもなどの連れだちて来《く》るを、「いかにぞ、[14]事なりぬや」と言へば、「まだ[15]無期《むご》」などいらへ、[16]御輿《みこし》など持《も》て帰る。[17]かれに奉りておはしますらむもめでたく、け高く、いかでさる[18]下衆《げす》などの近く候《さぶら》ふにかとぞおそろしき。

[19]はるかげに言ひつれど、ほどなく還《かへ》らせたまふ。

1賀茂祭（陰暦四月中酉日）を終えて、上賀茂神社の神館《こうだち》に一泊した斎王が紫野《むらさきの》に帰る行列。この段は「見物《みもの》は」に入れる説もある。　2賀茂祭の当日のこと。華麗な行粧《ぎょうそう》があった。　3一二丈（約三六メートル）の道巾。紫野斎院から下鴨神社への途次に通る道で、帰路にも使う。物見の車・人々が多い。　4淳和《じゅんな》の離宮。常康親王に伝領され、親王は貞観《じょうがん》十一年（八六九）に出家し寺院化して、遍昭に賜わった。現在の大徳寺附近。　5紫野雲林院の近くにあった。天台寺院。　6賀茂祭は葵と桂で牛車や、奉仕する人々のかざし・腰を飾るので、葵祭とも称されている。　7能因《のういん》本・前田本の本文「うちなえて」。　8郭公は夏を代表する鳥。鶯は春の鳥で時節遅れ。　9郭公のこと。　10力をこめていっしょに鳴くこと。ただし能因本「おぼしく」、前田本「おぼしくて」。　11気をせかして斎王の行列を待つ。　12上賀茂神社（賀茂別雷《かものわけいかづち》神社）。　13退紅染めの狩衣《かりぎぬ》。火長《かちょう》は検非違使《けびいし》配下の低い官人。桃色褐衣・白袴・藁沓。　14「事成りぬや」。斎王の行列が来るか、と尋ねている。　15時の限りがないこと。ずっと後、の意。　16斎王は路頭では牛車、社頭では御輿に乗る。　17斎王を御輿にお乗せ申して、社前にお進みなさるであろう、の意。　18「赤衣うち着たる者ども」のこと。　19「遥かげに」をあてる。

斎王の御輿（撮影：小山利彦。上賀茂神社参道）

上賀茂神社の祭神は、石川の瀬見の小川を流れて来た丹塗《にぬり》矢によって懐胎した玉依日売《たまよりひめ》が産んだ賀茂別雷命《かもわけいかづちのみこと》である。賀茂氏の祖賀茂建角身《かものたけつのみ》命と娘玉依日売は下鴨神社（賀茂御祖《みおや》神社）に祀られている。皇室は平安京の地主神たるこれらの神々を皇城鎮護の神と崇め、斎院（斎王）を奉仕させた。四月中酉日賀茂祭には斎王と勅使が参詣した。この宮廷人の華麗な行粧は都の代表的な祭として衆目を集め、都の初夏の風物詩ともなった。『枕草子』では幾つかの章段でも記され、『源氏物語』においても重要な場面を提供している。

雲林院発掘地（撮影：小山利彦）

紫野斎院推定地―七野《ななの》神社（撮影：小山利彦）

コラム――賀茂信仰と平安京

1、賀茂に祀られた祭神

平安京は七九四年十月二十二日、桓武天皇が山城国に遷都したことにより始発する。山城国としてその地主神となっていたのが賀茂明神である。その神が鎮まる社は、上・下の二社があった。下社は賀茂御祖《みおや》神社と称され、賀茂建《かものたけ》角身命《つのみのみこと》と賀茂玉依《たまより》日売《ひめ》を祭神として祀っている。上社は賀茂別雷《わけいかづち》神社と称され、賀茂別雷命を祭神としている。『山城国風土記逸文《いつぶん》』に収められている神婚説話によると、賀茂御祖神社の境内を流れる石川の瀬見の小川で賀茂玉依日売が水遊びをしていて、川上から流れてきた丹塗《にぬり》矢を拾い床の辺に置いておくと、孕んで男御子が誕生したという。祖父賀茂建角身命が父の名を問うと男御子は屋根を破って昇天したことから雷神の子として、賀茂別雷命と名付けられた、という説話を伝えている。「賀茂の御生《みあ》れ」と称される。賀茂の神婚説話は日吉大社の祭礼の中でも、日吉東本宮の祭神大山咋《ぐい》神と樹下《じゅげ》神社に祀られる賀茂玉依日売の婚姻「午《うま》の神事（尻つなぎの神事）」にも連関している。平安京の地主神を祀る賀茂神社の祭礼「賀茂祭」と、平安京鎮護の神を祀る日吉大社の祭礼「山王《さんのう》祭」においても共通した神婚の構造を有している。

賀茂御祖神社が鎮座する地は世界遺産になっている糺《ただす》の森と呼ばれている。「偽りを糺す」という言説で使われる。しかしこの表現は「河合の森」とほぼ共通している。地形上比叡山を水源とする高野川、鞍馬・貴船を水源とする賀茂川とが合流して平安京の東を流れ、都人が最も重要視した河川、賀茂川と称されている。「ただす」の言辞を検証すると、「糺」は掛詞としての表現であり、また高野川と賀茂川の合流する地理学上の「三角洲」即ち、「ただす」は「只洲」が語源となっている。『源氏物語』や『枕草子』では賀茂明神を「糺の神」という言辞で表現している。

賀茂祭・東遊び（賀茂御祖神社・社頭の儀）
（撮影：小山利彦）

2、賀茂祭の路程と平安京

平安時代の天皇は自らの治政の支えとして皇祖神の伊勢大明神、平安京地主神の賀茂明神を特別の存在としている。それ故内親王や女王を奉仕させている。賀茂明神に仕える皇女は斎院と呼ばれ、紫野斎院を住まいとしていた。賀茂祭の翌日、上賀茂に鎮まる賀茂別雷神社からこの紫野斎院までの路程を歩む斎院の女人列《にょにんれつ》は有名な見物《みもの》で、祭の還《かえ》さと称され、『枕草子』などにも描写されている。

四月の中酉日に斎院の女人列と勅使の一行が、糺の森に鎮座する賀茂御祖神社、下鴨神社に参詣する賀茂祭は平安京における最高の見物であった。紫野斎院は大宮大路北延長路に面していて、船岡山の東に位置していたと推定される。大宮大路北延長路を南下すると一条大路に辿り着く、大宮大路は大内裏に接する東側の大路である。今日も大宮通りとして現存している。大内裏から斎院に供奉する勅使一行が出御して、一条大路と大宮大路が交差する地点で、斎院女人列と対面する。一条大路は今日一条戻り橋が現存していて、この橋は堀川に懸かっている。この一条大路は平安京でも最も賑わいを見せていた。『源氏物語』葵の巻における六条御息所《みやすどころ》と葵の上の車争いの舞台として、鬼女伝説も伝承されている。賀茂川に突き当たったら、北上して糺の神の賀茂御祖神社に至るのが、斎院女人列の参詣路である。

＊本論は拙著『源氏物語と皇権の風景』所収「光源氏を支える聖空間―雲林院・紫野斎院、そして賀茂の御手洗《みたらし》」（大修館書店、二〇一〇年）。『王朝文学を彩る軌跡』所収「平安京地主神、賀茂明神に関わる文学空間」（武蔵野書院、二〇一四年）を参考にしている。

（小山利彦）

大鏡

園山千里

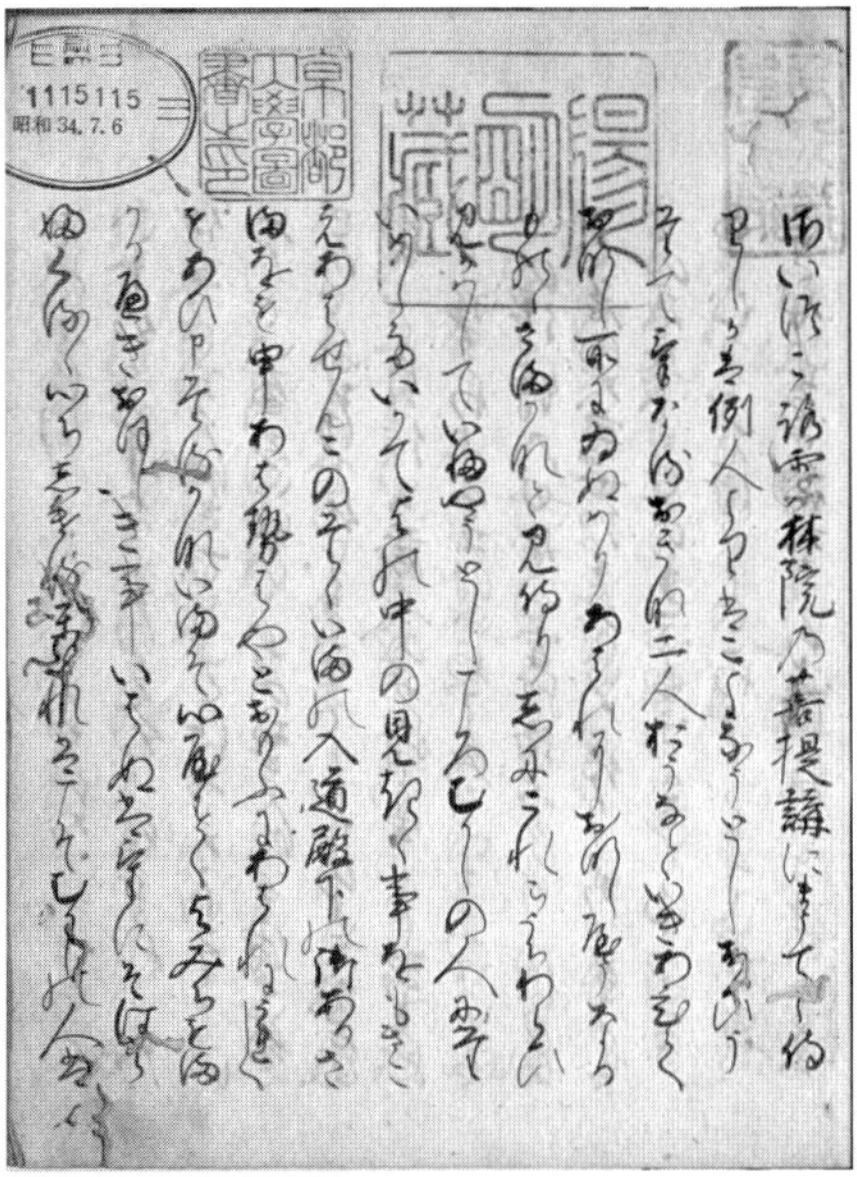

『大鏡』近衛文庫本
（京都大学附属図書館所蔵。新編日本古典文学全集の底本）

①雲林院の菩提講―二人の翁と若侍の出逢い―

先[1]つ頃《さいつころ》、雲林院《うりんゐん》[2]の菩提講《ぼだいこう》[3]に詣《まう》[4]でてはべりしかば、例人[5]よりはこよなう年老い、うた[6]てげなる翁《おきな》二人、嫗《おうな》[7]といきあひて、同じ所に居《ゐ》[8]ぬめり。「あはれに、同じやうなる[9]もののさまかな」と見はべりしに、これらうち笑ひ、見かはして言ふやう、

「年頃《としごろ》、昔の人に対面《たいめ》して、いかで世の中の見聞くことをも聞こえあはせむ、このただ今の入道殿下《にふどうてんが》[10]の御有様《ありさま》をも申しあはせばやと思ふに、あはれにうれしくも会ひ申したるかな。今ぞ心やすく黄泉路《よみぢ》[11]もまかるべき。[12]おぼしきこと言はぬは、げにぞ腹ふくるる心地《ここち》しける。かかればこそ、昔の人はもの言はまほしくなれば、穴[13]を掘りては言ひ入れはべりけめとおぼえはべり。かへすがへすうれしく対面《たいめ》したるかな。さてもいくつにかなりたまひぬる」

と言へば、いま一人《ひとり》の翁《おきな》[14]、

「いくつといふこと、さらに覚えはべらず。ただし、おのれは、故太政《こだいじやう》のおとど貞信《ていしん》[15]公《こう》、蔵人《くらうど》[16]の少将《せうしやう》と申しし折の小舎人童《こどねりわらは》[17]、大犬丸《おほいぬまろ》[18]ぞかし。[19]ぬしは、[20]その御時の母后《ははきさき》の宮《みや》の御方の召使《めしつかひ》、高名《かうみやう》の大宅世次《おほやけのよつぎ》[21]とぞ言ひはべりしかしな。されば、ぬしの御年《みとし》は、おのれにはこよなくまさりたまへらむかし。みづからが小童《こわらは》にてありし時、ぬしは二十五六ばかりの男《をのこ》にてこそはいませしか」

と言ふめれば、世次、

1先日。　2山城国愛宕《あたご》郡の紫野《むらさきの》にあった寺院。初め淳和《じゆんな》天皇の離宮だったが、仁和二年（八八六）に天台宗の元慶寺《がんぎようじ》別院になった。現在は「紫野雲林院《うじい》」という地名と小寺が残るのみである。　3極楽往生のために『法華経』を講説する法会。　4参詣するのは『大鏡』の語り手。　5読みは、蓬左本・古活字本では「例の人」、東松本では「レイヒト」。意味は普通人（老人）。　6異様な雰囲気である。　7老女。　8「居」は「居る」で座る、座っている。「ぬ」は動作の完了。「めり」は視覚的な根拠から推定することで、遠回しに少しぼかして表現している。座ったようでした、の意。　9三人揃ってかなりの高齢者であること。　10藤原道長（九六六〜一〇二七）。摂政兼家の五男。寛仁三年（一〇一九）に出家したので「入道」とある。「殿下」は皇族・摂政・関白などの敬称。土御門《つちみかど》殿の東の鴨川畔に中河御堂（無量寿院《むりようじゆいん》）を造営。阿弥陀堂など諸堂の造営については『栄花物語』に詳しい。無量寿院は治安二年（一〇二二）に法成《ほうじよう》寺に改められた。日記『御堂関白記』、歌集に『御堂関白集』がある。　11「黄泉」は漢語でいうあの世、の意。死後の世界へ行く道。　12『徒然草』一九段に「おぼしき事いはぬは、腹ふくるるわざなれば」とあり、諺であろうか。　13ギリシャ神話に登場するフリュギア王国の王ミダス帝の逸話に、王様の耳がロバの耳であ

「しかしか、さはべりしことなり。さてもぬしの御名《みな》はいかにぞや」

と言ふめれば、

「[22]太政大臣殿にて元服《げんぷく》[23]つかまつりし時、「[24]きむぢが姓《さう》はなにぞ」と仰せられしかば、「夏山《なつやま》[25]となむ申す」と申ししを、やがて、重木《しげき》となむつけさせたまへりし」など言ふに、[26]いとあさましうなりぬ。

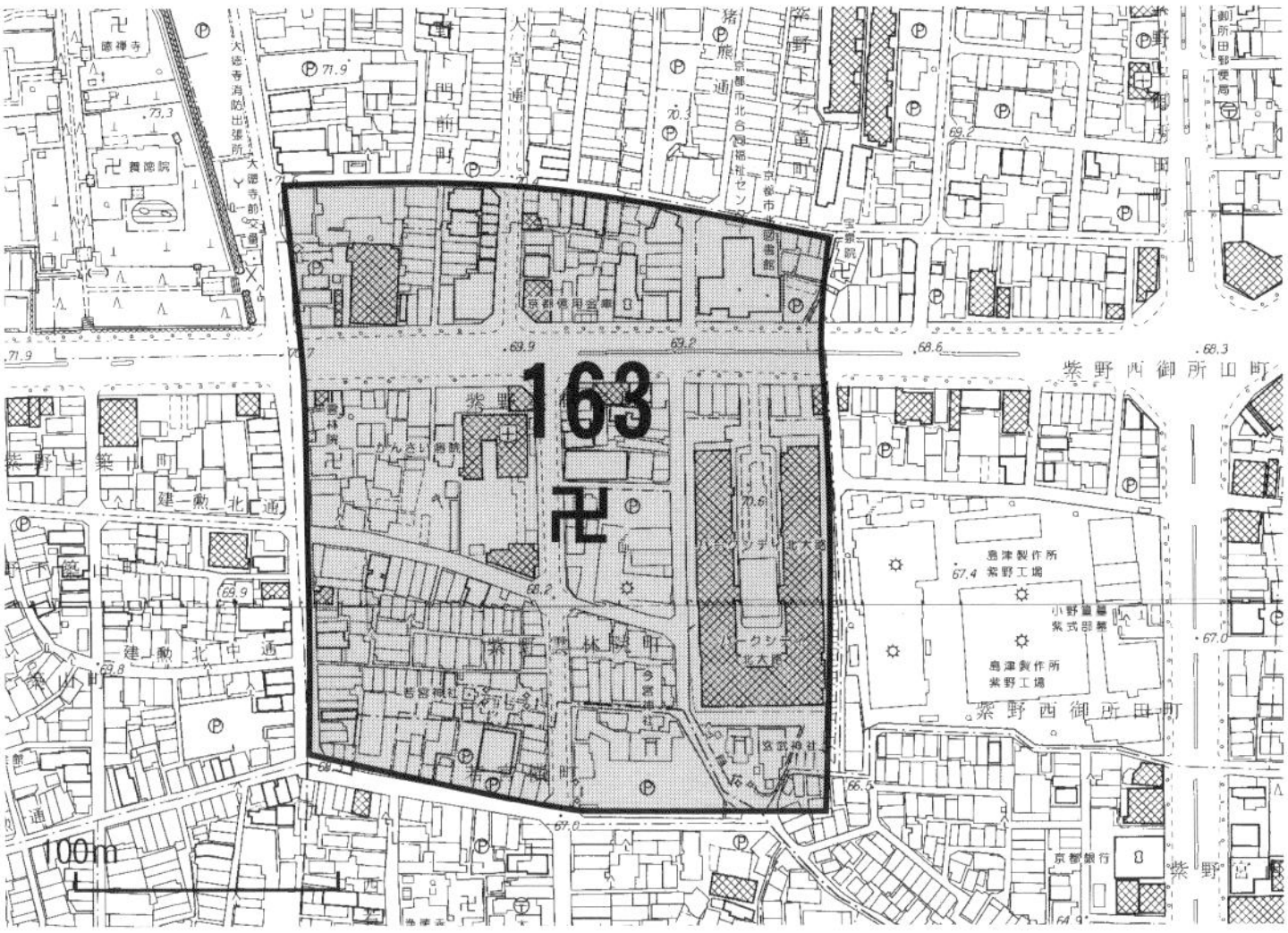

雲林院跡の地図（画像提供：京都市文化財保護課）
遺跡は京都市北区紫野雲林院町83、旧川島織物紫野工場の跡地から発見された。網掛け部分が雲林院推定地。（「京都市遺跡地図提供システム」より一部改変）

雲林院跡西側発掘調査地
北大路通南のマンションの一角の壁面に発掘調査の説明板が設置されている。

ることを唯一知っている理髪師が、秘密を隠すことができずに、穴に向かって王の秘密を口外する話がある。14重木。15藤原忠平（八八〇〜九四九）。太政大臣基経の四男。「貞信公」は諡《おくりな》。日記に『貞信公記』がある。16近衛少将で蔵人を兼ねている人。17近衛中将または少将が召し使う少年のこと。18重木の童名。19あなた。軽い敬意を表す二人称。20宇多天皇の御代の母后の宮（班子《はんし》女王）。21「大宅」は大きい家、第一の家、の意。私に対する公共（朝廷）を表す。「世次（継）」は歴代天皇の順をおって、歴史語りをすること、の意味を名前に込める。22忠平公のお邸で。23男子の成人を祝う儀式。「初冠」などともいう。成人のしるしとして髪を束ね結い、冠をかぶり、大人の衣服となる。十一歳から十六歳ごろに行なわれる貴族男子の重要な儀式。24対等または目下の人に対する二人称。おまえ。きみ。25重木（繁樹の意味）の名は姓である「夏山」の縁語的連想から名付けられたか。26あまりにも時代離れしているはなしに驚きあきれ果ててしまった。

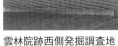

② 都府楼の鐘―菅原道真の左遷―

この[1]おとど、子どもあまたおはせしに、女君達は婿《むこ》とり、男君達は、皆ほどほどにつけて位《くらゐ》どもおはせしを、それも皆方々《かたがた》に流されたまひてかなしきに、幼くおはしける男君・女君達慕ひ泣きておはしければ、[2]「小さきはあへなむ」と、おほやけもゆるさせたまひしぞかし。[3]帝《みかど》の御おきて、[4]きはめてあやにくにおはしませば、この御子どもを、同じ[5]方《かた》につかはさざりけり。[6]かたがたにいとかなしく思し召して、[7]御前《おまへ》の梅の花を御覧《ごらん》じて、

(おとど)
[8]東風《こち》吹かばにほひおこせよ梅の
花あるじなしとて春を忘るな

また、[9]亭子《ていじ》の帝に聞こえさせたまふ、

(おとど)
[10]流れゆく我は水屑《みくづ》となりはてぬ
君しがらみとなりてとどめよ

[11]なきことにより、かく罪せられたまふを、[12]かしこく思し嘆きて、やがて[13]山崎《やまざき》にて[14]出家《すけ》せしめたまひて、都遠くなるままに、あはれに心ぼそく思《おぼ》されて、

太宰府天満宮の飛梅（撮影：小山利彦）
「東風吹かば」に歌われた梅が、道真を慕って都から一夜にして飛んできたという言い伝えがある御神木「飛梅《とびうめ》」。現在でも１月下旬から２月にかけての厳しい寒さのなか、可憐な花を咲かせる。

1菅原道真(八四五～九〇三)。菅原是善《これよし》の三男で代々学者の家柄である。文章《もんじょう》博士。宇多天皇の信任を受けて、国司の任期の後には蔵人頭《くろうどのとう》に抜擢される。奈良時代から続いてきた遣唐使を停止して、渤海使《ぼっかいし》を受け入れる。漢詩文集に『菅家文草』、『菅家後集』がある。　2小さい子どもはさしつかえないだろう、の意。　3朝廷の処置。　4憎らしいほどひどい。　5『菅家後集』「詠楽天北窓三友詩」に「父子一時五処離(父と子と一時に五処に離れにき)」と、父子が筑紫・土佐・越後・遠江・播磨と五ヶ国に別れ別れになったことを嘆く詩がある。　6あれやこれや。　7お庭先の梅の花。　8『拾遺和歌集』巻一六・雑春・一〇〇六所収。詞書に「流され侍ける時、家の梅の花を見侍て」とある。道真は延喜元年(九〇一)正月大宰権師《ごんのそち》に左遷された。「東風」は春の、東から吹いてくる風。「にほひおこせよ」は、風に託して大宰府まで懐かしい香りを届けてくれ、の意。後に、この梅が大宰府の安楽寺(後の太宰府天満宮)に飛んできたという飛梅伝説が生まれる。　9宇多上皇。　10「水屑」は水中のごみ。「しがらみ(柵)」は、流れをせき止めるため、杭を打ち、木の枝や竹などを横にからませたもの。「君」は宇多上皇を指す。流罪の配慮を願う和歌。　11無実の罪。　12大変に。非常に。副詞的に用いる。　13淀川の船着き場。　14道

君《おとど》15が住む宿の梢《こずゑ》をゆくゆくとかくるるまでもかへり見しはや

また、播磨国《はりまのくに》16におはしましつきて、明石《あかし》の駅《むまや》といふ所に御宿りせしめたまひて、駅17の長《をさ》のいみじく思へる気色《けしき》を御覧じて、作らしめたまふ詩18、いとかなし。

駅長《えきちやう》19驚クコトナカレ、時ノ変改《へんがい》20

一栄一落《いつえいいつらく》21、是《こ》レ春秋《しゆんじう》

（駅長莫驚時変改　一栄一落是春秋）

観世音寺（撮影：小山利彦）
正式名称は「清水山《せいすいざん》普門院観世音寺」という。天智天皇が母斉明天皇の冥福を祈るために創建され、九州の寺院を総括する「府大寺」として栄えた。日本三戒壇の一つ。日本最古といわれる国宝の梵鐘がある。

都府楼跡（撮影：小山利彦）
観世音寺の西方にある大宰府政庁跡。この付近に蔵司《くらのつかさ》・学業院・鴻臚館《こうろかん》などの跡もあり、九州地方の政治や経済・外交の中心であったことがわかる。菅原道真の漢詩「不出門」には「都府の楼にはわずかに瓦の色を看《み》る」と、幽閉されていたとされる歌にもみられる。

真が出家した事実はほかの書をみてもない。**15**『拾遺和歌集』巻六・別・三五一に、詞書「流され侍てのち、いひおこせて侍りける」の後、「君がすむやどの梢のゆくゆくと隠るるまでにかへりみしはや」とあり、第二句と第四句が異なる。**16**現在の兵庫県南部。奈良時代には『播磨国風土記』が編纂された。**17**街道施設の長。**18**『菅家後集』昌泰四年（九〇一）には「在途、到明石駅亭。駅亭長見驚。（途に在りて、明石の駅亭に到る。駅亭の長、見て驚く。）」とある次に詩がある。**19**『菅家後集』昌泰四年にはこの詩をあげた後に、「此詩在或僧侶書中。不知真偽。然而為後所書付也。（此の詩は或る僧侶の書の中に在りきといふ。真偽を知らず。しかれども後の為に書き付くるところなり。）」とあり、書き添えつぶやいた詩であるという。**20**移り変わり。**21**人間の栄枯盛衰の運命を、自然の摂理に従って表現する。

③三島明神の懇請―佐理の書―

敦敏《あつとし》の少将の子なり、佐理大弐《すけまさのだいに》[1]、世の手書《てかき》[2]の上手《じやうず》。任[3]はてて上《のぼ》られけるに、伊予《いよの》[4]国《くに》のまへなる泊《と》[5]まりにて、日いみじう荒《あ》れ、海のおもてあしくて、風おそろしく吹きなどするを、少しなほりて出《い》でむとしたまへば、また同じやうになりぬ。かくのみしつつ日頃《ひごろ》過《す》ぐれば、いとあやしく思《おぼ》して、もの問[6]ひたまへば、「神の御祟《たたり》」とのみ言ふに、さるべきこともなし。いかなることにかと、怖《おそ》れたまひける夢に見えたまひけるやう、いみじうけだかきさましたる男《をとこ》[7]のおはして、「この日の荒れて、日頃ここに経《へ》たまふは、おのれがしはべるころなり。よろづの社《やしろ》に額《がく》[8]のかかりたるに、おのれがもとにしもなきがあしければ、かけむと思ふに、なべて[9]の手して書かせむがわろくはべれば、われ[10]に書かせたてまつらむと思ふにより、この折ならではいつかはとて、とどめたてまつりたるなり」とのたまふに、「たれとか申す」と問ひ申したまへば、「この浦の三島《みしま》[11]にはべる翁《おきな》なり」とのたまふに、夢[12]のうちにもいみじうかしこまり申すと思すに、おどろき[13]たまひて、またさらにもいはず。

さて、伊予《いよ》へわたりたまふに、多くの日荒れつる日ともなく、うらうらと[14]なりて、そなたざまに追風《おひかぜ》吹きて、飛ぶがごとくまうで着きたまひぬ。湯度々浴《たびたびあ》[15]み、いみじ[16]う潔斎《けつさい》して、清《きよ》まはりて、昼《ひ》[17]の装束《さうぞく》して、やがて神の御前《おまへ》にて書きたまふ。神司《かみづかさ》[18]ども召《め》し出《い》だして打[19]たせなど、よく法《はふ》[20]のごとくして帰りたまふに、つゆ怖《おそ》るることな

1藤原敦敏の長男。九四四～九九八年。参議、次に兵部卿、大宰大弐となる。能書家として活躍。『詩懐紙』、『離洛帖』などがある。

2「手書」とは能書家のこと。小野道風《とうふう／みちかぜ》・藤原行成《ゆきなり》・藤原佐理《すけまさ》は、当時の書道の名人として「三《さん》蹟《せき》」と称された。

3大弐の任期は五年。

4現在の愛媛県にあたる。

5船着き場である港。

6易者に悪天候で出港できないので占ってもらう。

7在俗の男性。

8扁額。室内や戸外掲げる長い額のこと。

9普通に。月並みに。

10あなた。

11大山祇《おおやまつみ》神社。愛媛県今治市大三島町宮浦にある。祭神は大山祇神。「祇」は「積」を当てることもある。現在でも、藤原佐理筆となる木造扁額「日本總鎮守大山積大明神」が宝物館に所蔵されている。

12夢の中でもたいそう怖れ謹んでお受けする。古代において、夜寝て見る夢に神仏のお告げをみたり、異界との交信をしたり、自分の運命を占うことは多い。

13夢で引き受けたが、目覚めた後はさらに感激をあらたにして、したためる覚悟を心に決める。

14日差しが穏やかな様子。

15心身を浄める。

16法会や写経などの前に、酒肉、五辛などの飲食や淫欲を慎み、沐浴などして清めること。

17束帯姿。

くて、すゑずゑの船にいたるまで、たひらかに上《のぼ》りたまひにき。わがすることを人《にん》間《げん》にほめ崇《あが》むるだに興《きよう》あることにてこそあれ、まして神の御心にさまでほしく思《おぼ》しけむこそ、いかに御心おごりしたまひけむ。また、おほよそこれにぞ、いとど日本[21]第一の御手のおぼえはとりたまへりし。六波羅蜜寺《ろくはらみつじ》[22]の額も、この大弐《だいに》の書きたまへるなり。されば、かの三島《みしま》の社《やしろ》の額と、この寺のとは同じ御手にはべり。

18 神社に仕える者たち。
19 額を社殿に掲げさせる。
20 作法通りにして。
21 日本第一の能書家。
22 京都市東山区轆轤《ろくろ》町にある真言宗智山派の寺。本尊は十一面観音立像。空也《くうや》上人創建と伝えられている。貞元二年（九七七）、六波羅蜜寺と改称し、天台別院となった。この時の寺額は藤原佐理の筆と伝えられ、現存している。

六波羅蜜寺（画像提供：六波羅蜜寺）
空也上人により開創された真言宗智山派の寺で、西国三十三ヵ所第17番札所である。「六波羅蜜」とは仏教の言葉で悟りをひらくための6種の修行（布施・持戒・忍辱・精進・禅定・智慧）のこと。

六波羅観音万灯会（画像提供：六波羅蜜寺）
万灯会は毎年8月8日・9日・10日におこなわれ、現在では年中行事の一つで、精霊迎えとして本尊十一面観音に大字形に並べた灯明が捧げられる。

④道長嵯峨大堰の宴―公任の三船の才《ざえ》―

ひととせ、入道殿の大堰河《おほゐがは》[1]に逍遥《せうえう》せさせたまひしに、作文《さくもん》[2]の船《ふね》[3]・管絃《くわんげん》の船・和歌の船と分《わ》かたせたまひて、その道にたへたる人々を乗せさせたまひしに、この大納[4]言殿のまゐりたまへるを、入道殿、「かの大納言、いづれの船にか乗らるべき」とのたまはすれば、「和歌の船に乗りはべらむ」とのたまひて、よみたまへるぞかし、

（大納言）

小倉山《をぐらやま》[5]嵐の風の寒ければもみぢの錦《にしき》きぬ人ぞなき

申しうけたまへるかひありてあそばしたりな。御みづからものたまふなるは、「作文《さくもん》のにぞ乗るべかりける。さてかばかりの詩をつくりたらましかば、名[6]のあがらむこともまさりなまし。口《くち》惜《を》しかりけるわざかな。さても、殿《との》の、『いづれにかと思ふ』とのたまはせしになむ。我ながら心おごりせられし」とのたまふな

紅葉が映える大堰川の船遊び（撮影：小山利彦）
嵐山は『百人一首』にも歌われる紅葉の名所。毎年紅葉が見ごろの時期に嵐山もみじ祭として、今様船や平安管弦船などの美しい趣向を凝らした船が再現され、優雅な平安貴族のひとときを楽しむことができる。

1京都市左京区嵯峨の嵐山のふもとを流れる川。桂川の部分。川に水の流れをせきとめる堰《ゐぜき》があったことからこの名がみられる。「大堰川ゐせきの水のわくらばに今日はたのめし暮にやはあらぬ(『新古今和歌集』巻一三・恋三・清原元輔・一一九四)などのように「ゐぜき(堰)」と一緒に詠む和歌もある。山城国の歌枕。

2漢詩。

3漢詩・和歌・管絃の三船を用意してそれぞれの道を競わせる。

4藤原公任《きんとう》(九六六～一〇四一)。通称、四条大納言。関白太政大臣頼忠の長男。藤原斉信《ただのぶ》・藤原行成《ゆきなり》・源俊賢《としかた》とともに「寛弘の四納言」と称されたように、有能な政務家であった。歌学書である『新撰髄脳』『和歌九品《わかくほん》』、歌謡の『和歌朗詠集』、家集の『前大納言公任卿集』、私撰集の『拾遺抄』『金玉和歌集』などがある。歌壇の第一人者として活躍した。有職故実書に『北山抄《ほくざんしょう》』もある。

5「嵐」は「嵐山」と「荒し」の掛詞。衣に散りかかる美しい紅葉を「錦」に見立てる。『拾遺和歌集』巻三・秋・二一〇にもみられるが、第一・二句「朝まだき嵐の山の」と異同がある。

6名声があがる。

大堰の景物（撮影：小山利彦）
大堰川は嵐山の麓を流れる川。五世紀後半に定住していた秦氏が、土木工事事業として堰を設けて水利の便を開拓した。動詞「せ（堰）く」は水をほかへ引いたり流量を調整したりするため、水をせきとめる構造物。

る。[7]一事のすぐるるだにあるに、かくいづれの道もぬけ出でたまひけむは、いにしへもはべらぬことなり。

7公任は、作文・管絃・和歌のどれも才があったので三船のどれに乗るのか迷うほどであった。どれか一つであったのならば後で、「作文のにぞ乗るべけりける」と後悔することもない。

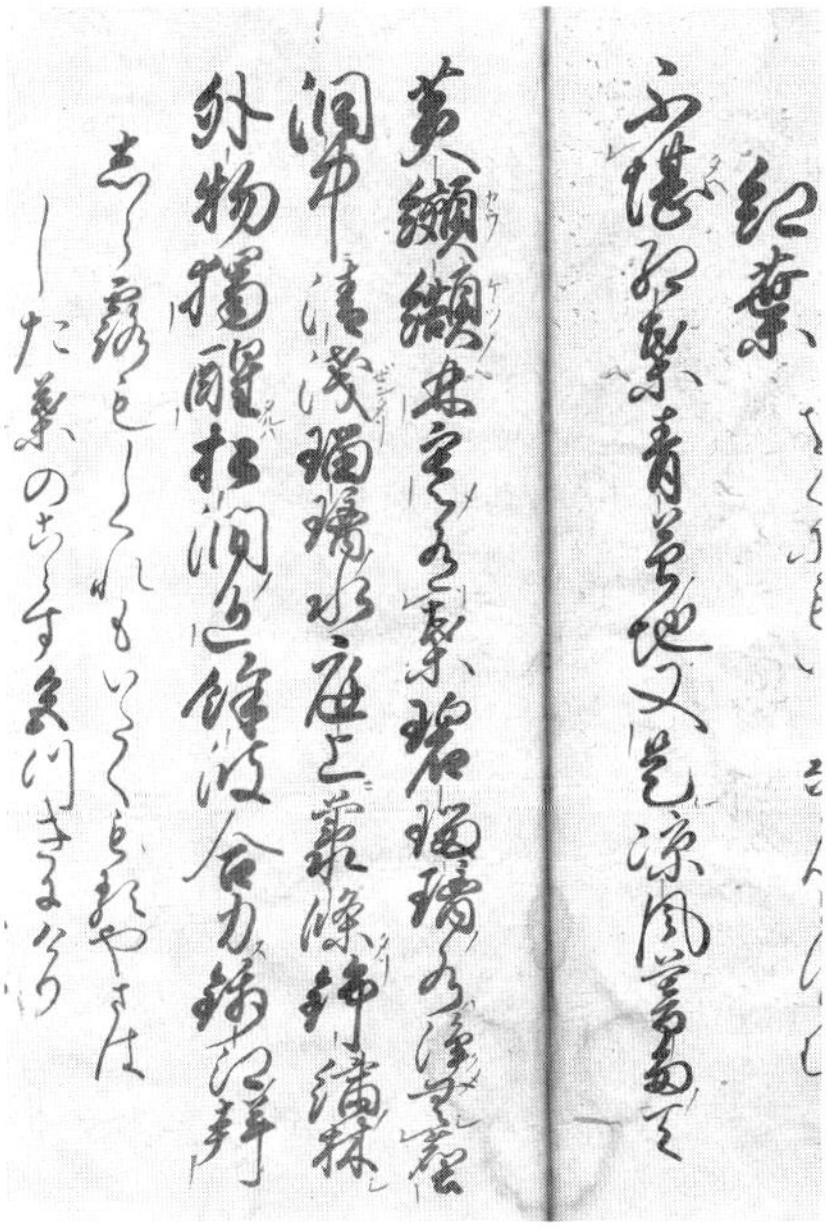

『和漢朗詠集』巻上・「秋」の紅葉（個人蔵）
「紅葉」という題目で、白居易《はくきよい》、慶滋保胤《よししげのやすたね》、大江以言《もちとき》、紀貫之の詩歌が続く。「紅葉」のすぐあとには「落葉」の詩歌があり配列としての対比がみられる。天正３年写の奥書がある。

⑤宣耀殿の女御芳子《ほうし》―『古今和歌集』の暗記―

[1]御女《むすめ》、村上の御時の[2]宣耀殿《せんえうでん》の女御《にようご》、かたちをかしげにうつくしうおはしけり。内《うち》へまゐりたまふとて、御車に奉りたまひければ、わが御身は乗りたまひけれど、御髪《みぐし》のすそは、[3]母屋《もや》の柱のもとにぞおはしける。一筋《ひとすぢ》を[4]陸奥紙《みちのくにがみ》に置きたるに、[5]いかにもすき見えずとぞ申し伝へためる。[6]御目のしりの少しさがりたまへるが、いとどらうたくおはするを、帝《みかど》、[7]いとかしこくときめかさせたまひて、かく仰せられけるとか。

（帝）[8]生きての世《よ》死にての後《のち》の後の世も羽をかはせる鳥となりなむ

御返し、女御《にようご》、

（女御）[9]あきになることの葉《は》だにも変はらずは我《われ》もかはせる枝となりなむ

「[10]古今《こきん》[11]うかべたまへり」と聞かせたまひて、帝、こころみに本《ほん》をかくして、女御には見せさせたまはで、「[12]やまとうたは」とあるをはじめにて、[13]まづの句のことばを仰せられつつ、問はせたまひけるに、[14]言ひたがへたまふこと、[15]詞《ことば》にても歌にてもなかりけり。かかることなむと、父おとどは聞きたまひて、[16]御装束《さうぞく》して、手洗《てあら》ひなどして、[17]所々に誦経《ずきやう》などし、念じ入りてぞおはしける。帝、[18]箏《しやう》の琴《こと》をめでたくあそばしけるも、御心に入れて教へなど、かぎりなくときめきたまふに、冷泉院《れいぜいゐん》の[19]御母后《ははきさき》うせたまひてこそ、なかなかこよなくおぼえ劣りたまへりとは聞こえたまひしか。

1藤原師尹《もろまさ》の娘。　2藤原芳子。九六七没年。村上天皇の女御。天徳二年（九五八）十月に女御となり、「宣耀殿の女御」と呼ばれた。「宣耀殿」は後宮の殿舎のひとつ。平安京の内裏には、承香《じょうきょう》殿・常寧殿・貞観殿・弘徽《こき》殿・登花殿・麗景殿・宣耀殿の七殿と、昭陽舎・淑景《しげい》舎・飛香《ひぎょう》舎・凝華《ぎょうか》舎・襲芳舎の五舎がある。　3寝殿造りの建物で、廂《ひさし》の間に囲まれた中央部分の部屋のこと。　4檀紙《だんし》。古くは「陸奥《みちのく》」で作られた、楮《こうぞ》を主原料とする紙。『枕草子』「御前にて人々とも、また物仰せらるるついでなどに」に、「ただの紙のいと白う清げなるに、よき筆、白き色紙、みちのくに紙など得《え》つれば、こよなうなぐさみて」とあるように、不快な気分を紛らわせるものとして、上質な陸奥紙があげられる。　5現代的にいうとミネラル豊富な健康的な髪の毛ということだろうか。当時において、長くて、つややかな黒髪は女性の美の条件のひとつであった。　6まなじり。　7副詞として、非常に、たいへんに、の意。　8「生きての世死にての後の」は、生きている現世も死んだ後の来世も。「羽をかはせる鳥」は比翼の鳥。雄雌それぞれ目と翼を持ち、常に一体となって飛ぶこと。中国の伝説上の鳥。白居易《はくきょい》の長編詩「長恨歌」に玄宗《げんそう》皇帝と楊貴妃《ようきひ》との愛の誓いの一節で「比翼の鳥」という表現がみられる。男女の愛情が深いことに

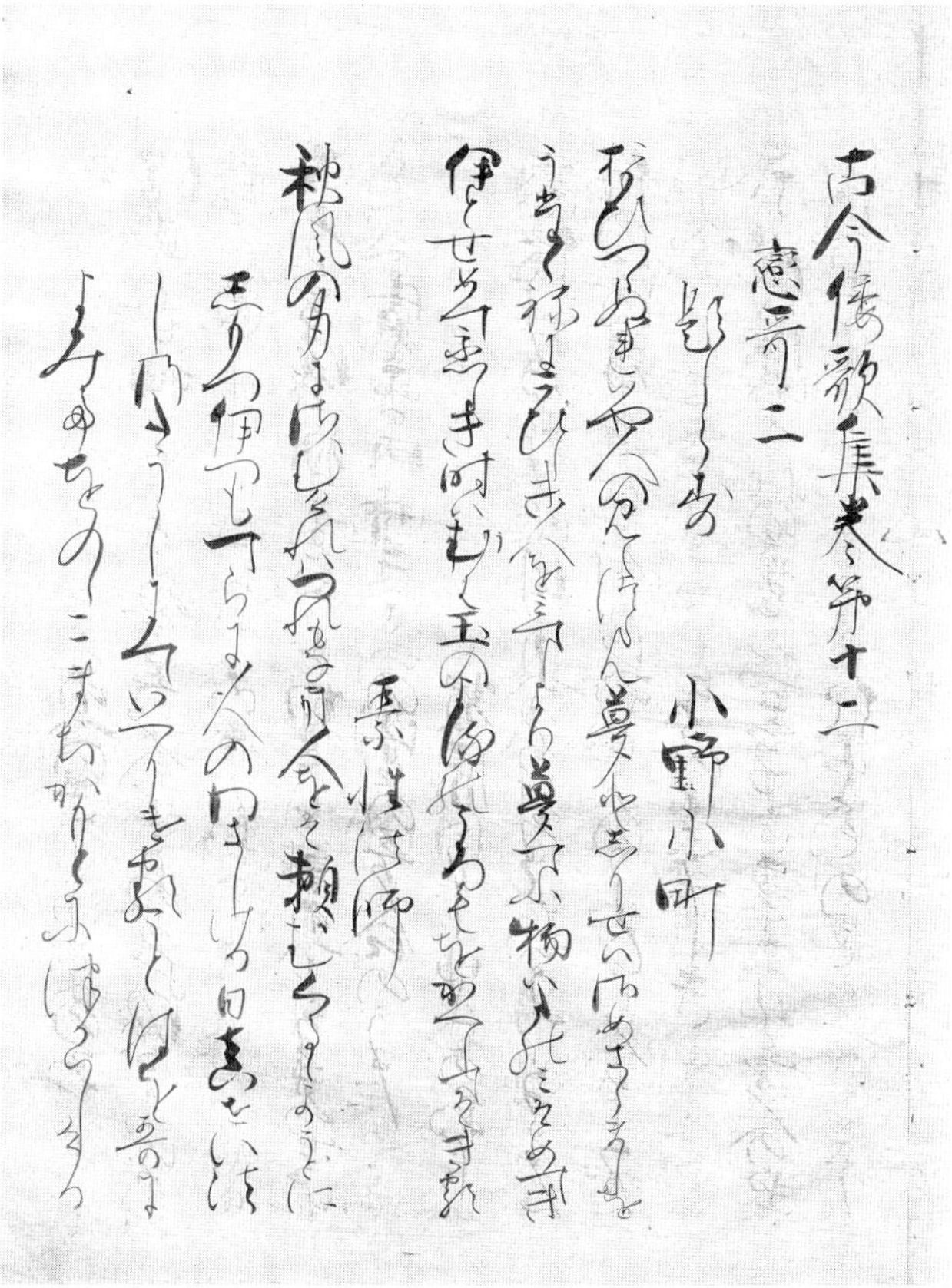

『古今和歌集』巻第一二・恋歌二（個人蔵）
小野小町の「おもひつつぬればや人の見えつらむ夢としりせばさまざらましを」から始まる恋歌。幻想的で切ない夢に関する小町の歌が３首続く。江戸時代中期の書写。

しに土器の破片を投げつける場面がある。気性が激しいと語られる安子であるが、気遣いもできる優しい側面も『大鏡』にはみられる。

たとえる。　9「あきになる」は「秋」と「飽き」を掛ける。秋になり紅葉に変わる葉のように、私に飽きて言葉が変わる、ということがないなら、の意。「かはせる枝」は連理の枝。二本の木の枝がつながって一つになったもの。比翼の鳥と同様、男女の深い契りをたとえる。後に、『玉葉和歌集』巻一一・恋歌三・一五五六に入集《にっしゅう》。　10『古今和歌集』のこと。『古今和歌集』は醍醐天皇の勅命によって、紀貫之・紀友則・凡河内躬恒《おおしこうちのみつね》・壬生忠岑《みぶのただみね》が撰者として編集した。最初の勅撰和歌集。　11「うかぶ（浮かぶ）」は暗記する。『古今和歌集』は全二〇巻で、それらを暗誦しているということ。　12『古今和歌集』「仮名序」は、「やまとうたは、人の心を種として、万の言の葉とぞなれりける」と始まる。　13「まづ（先）の句」である和歌の初句。　14『古今和歌集』を芳子がよどみなく暗記していたことは、『枕草子』「清涼殿の丑寅の隅の」により詳しくみられる。　15詞書のこと。　16正装して。束帯《そくたい》姿。　17寺々にお祈りの読経を頼むため使いをおくる。　18十三絃の琴。絃楽器を弾けることは当時の教養のひとつであった。　19中宮安子《あんし》（九二七～九六四）。村上天皇の皇后。右大臣藤原師輔《もろすけ》女。冷泉・円融両天皇、為平親王、承子・輔子・資子・選子四内親王の母。『大鏡』「師輔」には村上天皇の寵愛を受けている芳子に嫉妬心を抱き、安子が壁越↖

⑥百鬼夜行―師輔が遭遇―

この九条殿[1]は、百鬼夜行《ひやくきやぎやう》[2]にあはせたまへるは[3]。いづれの月といふことは、えうけたまはらず。いみじう夜《よ》ふけて、内《うち》[4]より出でたまふに、大宮《おほみや》[5]より南ざまへおはしますに、あはは[6]の辻《つじ》のほどにて、御車の簾《すだれ》うち垂《た》れさせたまひて、「御[7]車牛《くるまうし》もかきおろせ、かきおろせ」と、急ぎ仰せられければ、あやしと思へど[8]、かきおろしつ。御《み》[9]随身《ずいじん》・御前《ごぜん》[10]どもも、いかなることのおはしますぞと、御車のもとに近くまゐりたれば、御下簾《したすだれ》[11]うるはしくひき垂れて、御笏《しやく》[12]とりて、うつぶさせたまへる気色《けしき》、いみじう人[13]にかしこまり申させたまへるさまにておはします。「御車は榻《しぢ》[14]にかくな。ただ随身どもは、轅《ながえ》の左右《ひだりみぎ》の軛《くびき》のもとにいと近くさぶらひて、先《さき》[15]を高く追へ。雑色《ざふしき》[16]どもも声絶《た》えさすな[17]。御前《ごぜん》どもも近くあれ」と仰せられて、尊称陀羅尼《そんしようだらに》[18]をいみじう[19]読みたてまつらせたまふ。牛をば御車の隠《かく》れの方《かた》にひき立てさせたまへり。さて、時中《ときなか》[20]ばかりありてぞ、御簾《すだれ》あげさせたまひて、「今は、牛かけてやれ」と仰せられけれど、つゆ御供《とも》の人は心えざりけり。後後《のちのち》に、「しかじかのことありし」など、さるべき人々にこそは、忍びて語り申させたまひけめど、さるめづらしきことは、おのづから[21]散りはべりけるにこそは。


1藤原師輔《もろすけ》（九〇八～九六〇）。邸が平安京左京九条三坊六町にあったことから「九条殿」と称す。

2「ひやっきやこう」とも訓む。深夜、子刻を中心に、異形の妖怪たちが列をなして出歩くとされた。

3「は」は終助詞で感動をあらわす。

4宮中から。

5大内裏の東端を南北に通る東大宮大路を通って南の方角へ。

6「あはは」の意味は不詳だが、二条大宮の四つ辻か。

7牛車の牛を取り外して、牛車前方に長く突き出ている棒である轅《ながえ》も下ろせという。

8車副《くるまぞい》たちは不思議に思う。車副は牛車の左右に付いて供をする従者。

9身辺の警護をするお供の者。

10先導して先払いをする役割の者。

11車の簾の内側にかける布。

12礼服・朝服を着用する時、必ず手に持つ細長い板。

13誰か高貴の人。

14牛車から牛を外した時に、轅の軛を支えるための台。

15大きい声で先払いをせよ、の意。

16皇族や摂関家などで雑用をおこなう無位の役人。

17先払いの声を絶やすな、の意。

18仏頂尊勝陀羅尼経のこと。罪障消滅や延命などのさまざまな功徳があるといわれる。

19尊勝陀羅尼の読誦により、法力の加護を受けて危害から逃れるため。

20一時の半分。今の約一時間のこ

羅城門遺址（撮影：小山利彦）
平安京の真ん中を南北に通ったメイン通り、朱雀大路の南端にあった大門。都の表玄関として設けられ、門の外を洛外という。「羅城《らじょう》」は都を取り囲む城壁のこと。

唐廂車（撮影：小山利彦）
「唐車《からぐるま》」とも呼ぶ。牛車の中でも最も大きく格式が高い。屋形は唐棟《からむね》に作り、唐廂を出し、屋根を檳榔《びろう》の葉で葺き、美しく飾り立てる。晴儀の先頭に立つ。大変優美な牛車。

と。
21自然と世間に洩れ伝わった。

⑦春日行幸―道長の詩歌の才―

[1]この殿、ことにふれてあそばせる詩、和歌など、[2]居易《きよい》、[3]人丸《ひとまろ》、[4]躬恒《みつね》、[5]貫之《つらゆき》といふとも、え思ひよらざりけむとこそ、おぼえはべれ。[6]春日行幸《かすがのぎやうかう》、さきの一条院の御時よりはじまれるぞかしな。それにまた、[7]当代《たうだい》幼くおはしませども、かならずあるべきことにて、はじまりたる例になりにたれば、[8]大宮神輿《おおみやみこし》に添《そ》ひ申させたまひておはします。めでたしなどはいふも世《よ》の常《つね》なり。すべらぎの御祖父《おほぢ》にて、うち添ひつかうまつらせたまへる[9]殿の御有様《ありさま》・御かたちなど、少し世の常にもおはしまさましかば、[10]あかぬことにや。そこら集まりたる[11]田舎世界《ゐなかせかい》の民百姓《たみひやくしやう》、これこそは、たしかに見たてまつりけめ、ただ[12]転輪聖王《てんりんじやうわう》などはかくやと、光るやうにおはしますに、仏見たてまつりたらむやうに、額に手を当てて拝みまどふさま、ことわりなり。大宮の、赤色の御扇《あふぎ》さし隠して、御肩のほどなどは、少し見えさせたまひけり。かばかりにならせたまひぬる人は、つゆの透影《すきかげ》もふたぎ、いかがとこそはもて隠したてまつるに、ことかぎりあれば、今日《けふ》はよそほしき御有様も、少しは人の見たてまつらむも、などかはともや思し召《おぼしめ》しけむ。殿も宮も、いふ由《よし》なく、御心ゆかせたまへりけること、推《お》しはかられはべれば、[13]殿、大宮に、

(殿)
[14]そのかみや祈りおきけむ春日野《かすがの》のおなじ道にもたづねゆくかな

御返し、

1道長。 2中国の詩人。七七二～八四六年。白楽天ともいう。実名は白居易《はくきよい》。楽天は字《あざな》、号は香山居士。詩文集『白氏文集』は現存七一巻で、平安時代に日本に伝来した。『枕草子』「文《ふみ》は文集。文選。」とあるように、「文集」だけで『白氏文集』を指すほど流行した。『大鏡』「時平」にも、「これは、文集の、白居易の「遺愛寺鐘欹レ枕聴、香炉峯雪撥レ簾看」といふ詩に、まさざまに作らしめたまへりとこそ、昔の博士ども申しけれ。」と、ここでも『白氏文集』の略称がみられ、広く愛読されていたことがわかる。 3柿本人麻呂。『万葉集』の代表的歌人。『古今和歌集』「仮名序」では、「歌の聖《ひじり》」と讃えられる。 4凡河内《おおしこうちの》躬恒。『古今和歌集』撰者の一人。『古今和歌集』の入集歌は紀貫之に次ぐ多さである。 5紀貫之。『古今和歌集』撰者の一人で、序文の「仮名序」は紀貫之が書いたといわれる。初めてかな文学である『土佐日記』を書き、日記文学の創始として、以後の女流文学にも大きな影響を与えた。 6奈良市春日野町にある春日大社。奈良時代の神護景雲二年(七六八)に、称徳天皇の勅命により藤原永手《ながて》らが春日御蓋山《みかさやま》(三笠山)の麓に本殿を造営する。春日大社が藤原氏の氏神《うぢがみ》であることは、『大鏡』「道長」に「藤《とう》氏の御氏神」とその由来がみられる。『枕草子』「神は」に、「大原野。春日、いとめでたくおはします」とあり、京都市西

『春日権現験記絵』巻二　寛治御幸事（明治３年、板橋貴雄模写。国立国会図書館蔵）
寛治７年（1093）３月の白河院の春日大社への行幸を描く。

（大宮）15曇《くも》りなき世の光にや春日野のおな
　じ道にもたづねゆくらむ
かやうに申しかはさせたまふほどに、
げにげにと聞こえて、めでたくはべり
しなかにも、大宮のあそばしたりし、
（大宮）16三笠山《みかさやま》さしてぞ来《き》つる石上《いそのかみ》ふるき
　みゆきのあとをたづねて
これこそ、翁《おきな》らが心およばさるにや。
17あがりても、かばかりの秀歌《しうか》えさぶら
はじ。

京区大原野南春日町にある大原野神社と同様に称賛している。大原野神社は春日大社を大和から勧請したもので、藤原氏の氏神をまつる。『うつほ物語』には春日詣巻があり、源正頼《まさより》一行の華やかな春日社への参詣や春日社頭での盛大な歌会の様子がみられる。『大鏡』「道長」には大宮（彰子《しようし》）が幼少の時、春日に参詣したところ、社前にお供えした供物が突然つむじ風に巻き上げられ、源氏の氏寺である東大寺の大仏殿に落ちたという怪異の話もある。　7今上天皇、後一条。　8太皇太后宮彰子（九八八〜一〇七四）。道長の長女、母は源倫子《りんし》。　9道長。　10物足りない気がしたかもしれませんが、そんなことはなく、最高に立派でしたよ。「あらまし」のような語が省略されたかたち。　11都から遠く離れた土地。　12四天下を統一して正法をもって世を治める聖王。転輪王ともいう。統治の輪を転がす王。輪宝の種類により、鉄輪王・銅輪王・銀輪王・金輪王の四輪王がいる。　13道長が。　14「そのかみや祈りおきけむ」は道長の父兼家がかつて一条天皇の春日行幸にお供をしたことを指す。「おなじ道」は先代が通ったと同じ道のこと。『続古今和歌集』巻七・神祇歌・七一八所収の詞書には「後一条院春日行幸日、上東門院へたてまつりける」とある。　15「曇りなき」は「春日」の縁語。「曇りなき世の光」は後一条院の御威光。『続後拾遺和歌集』↖巻二〇・神祇歌・一三二二に所収。16『千載和歌集』巻二〇・神祇歌・一二五六の筆頭歌。『千載和歌集』では第二句が「さして来にけり」となっている。「さして」は「指して」と笠の縁語「差し」の掛詞。「石上」は「古き」の枕詞。「石上」と「布留《ふる》」は地名。「みゆき」に「行幸」と「深雪」が掛けられている。「雪」「降る」「跡」は縁語。技巧を駆使した歌である。　17昔に遡っても。

⑧鶯宿梅《おうしゆくばい》―貫之の娘と梅―

村上《むらかみ》の帝《みかど》、はた申すべきならず。「なつかしうなまめきたる方《かた》は、延喜《えんぎ》[1]にはまさり申させたまへり」とこそ、人申すめりしか。「我《われ》をば人はいかが言ふ」など、人に問はせたまひけるに、「『ゆるになむおはします』[2]と世には申す」と奏しければ、「さては誉《ほ》むるなんなり。王のきびしうなりなば、世の人いかが堪《た》へむ」とこそ仰せられけれ。

いとをかしうあはれにはべりしことは、この天暦《てんりやく》[3]の御時に、清涼殿《せいりやうでん》[4]の御前の梅の木の枯れたりしかば、求めさせたまひしに、なにがし[5]ぬしの蔵人《くらうど》にていますがりし時、うけたまはりて、「若き者[6]どもはえ見知らじ。きむぢ[7]求めよ」とのたまひしかば、一京《ひときやう》[8]まかり歩《あり》きしかども、はべらざりしに、西京《にしのきやう》のそこそこ[9]なる家に、色濃《いろこ》く[10]咲きたる木の、様体《やうだい》[11]うつくしきがはべりしを、掘り取りしかば、家あるじの、「木にこれ結《ゆ》ひつけて持《も》てまゐれ」と言はせ[12]たまひしかば、あるやうこそは[13]とて、持てまゐりてさぶらひしを、「なにぞ」とて御覧《ごらん》じ[14]ければ、女の手[15]にて書きてはべりける。

（女）勅《ちよく》[16]なればいともかしこしうぐひすの宿はと問はばいかが答へむ

とありけるに、あやしく思《おぼ》し召《め》して、「何者《なにもの》の家ぞ」とたづねさせたまひければ、貫之《つらゆき》[17]のぬしの御女《みむすめ》の住む所なりけり。「遺恨《ゐこん》[18]のわざをもしたりけるかな」とて、あまえ[19]おはしましける。重木《しげき》、今生《こんじやう》[20]の辱号《ぞくがう》は、これやはべりけむ。さるは[21]、「思ふやうなる

1第六〇代天皇、醍醐天皇。在位八九七～九三〇年。宇多天皇の第一皇子。文化事業に時平らに命じて撰進させた『日本三代実録』五〇巻がある。また、『古今和歌集』は醍醐天皇の詔により撰ばれた最初の勅撰和歌集。　2形容動詞「ゆる(緩)なり」の連用形。寛大だ、おおらかだ、の意。　3村上天皇の治世の元号。　4天皇の常御殿。紫宸殿《ししんでん》の西北にあり、多くの儀式もおこなわれた。　5蔵人の名前を直接あらわさないでぼかした言い方。　6若い者は経験が浅いのでどんな木がよいのか見分けがつかない。　7きみ。おまえ。汝。対等または目下の人に対して使う二人称。　8都じゅう。　9場所を明確にしないでぼかす言い方。どこそこ。　10紅梅。　11枝ぶりがよい。　12「せ」は使役の助動詞。　13「あるやうこそは」の下に「あらめ」などの語が省略されている。何か理由があるのだろう、の意。　14天皇がご覧になる。　15女の筆跡。　16『拾遺和歌集』巻九・雑下・五三一に所収。『拾遺和歌集』には、詞書に「内より、人の家に侍ける紅梅をほらせ給けるに、鶯の巣くひて侍ければ、家あるじの女、まづかく奏せさせ侍ける」とある。作者名はない。歌の左注に、「かく奏せさせければほらずなりにけり」とあり、紅梅の植かえはやめている。　17紀貫之の娘、紀内侍《きのないし》か。　18遺憾なこと。　19「あま(甘)ゆ」は、恥かしがる。この場

木持てまゐりたり」とて、衣《きぬ》[22]かづけられたりしも、辛《から》[23]くなりにき」とて、[24]こまやかに笑ふ。

清涼殿御帳台（撮影：小山利彦）
清涼殿は天皇の日常の生活空間として、昼の御座や殿上の間、夜の御殿などがある。東庭では朝廷の政務や儀式などがおこなわれた。

清涼殿の荒海《あらうみ》の障子（撮影：小山利彦）
清涼殿の孫廂の北側に置かれてあった衝立《ついたて》。表には荒海のほとりの手足、足長という異形の想像上の生物が、裏には宇治の網代《あじろ》の絵が書いてある。

合、きまりが悪いこと。20一生の恥辱。21実は。22衣服を褒美として頂戴した。「かづく」は衣服などを褒美としていただくこと。褒美の衣服は肩に掛けられる。23苦い、つらい。24思いをこめて笑う様子。にんまりと笑う。

⑨亡き愛犬のための法事—清範律師の機知—

また、若くはべりし折も、仏法《ぶつぽふ》[1]うとくて、世ののしる大法会《だいほうゑ》ならぬには、まかりあふこともなかりしに、まして年積《としつ》[2]もりては、動きがたくさぶらひしかども、参河《みかはの》[3]入道《にふだう》の入唐《につたう》[4]の馬のはなむけ[5]の講師《こうじ》[6]、清照法橋《せいせうほつけう》[7]のせられし日こそ、まかりたりしか。さばかり道心《だうしん》[8]なき者の、はじめて心起こることこそさぶらはざりしか。まづは神分《しんぶん》[9]の心経《しんぎやう》、表白《へうびやく》[10]のたうびて、鐘《かね》打ちたまへりしに、そこばく集まりたりし万人、さとこそ泣きてはべりしか。それは道理《だうり》のことなり。

また、清範律師《せいはんりし》[11]の、犬[12]のために法事《ほふじ》しける人の、講師に請《しやう》ぜられていくを、清照法橋、同じ[13]ほどの説法者《せほふざ》なれば、いかがすると聞きに、頭《かしら》つつみて誰《たれ》[14]ともなくて聴聞《ちやうもん》しければ、「ただ今や、過去聖霊《くわこしやうりやう》[15]は蓮台《れんだい》[16]の上にてひよと吠《ほ》[17]えたまふらむ」とのたまひければ、「さればよ。異人《ことひと》[18]、かく思ひよりなましや。なほ、かやうの魂《たましひ》[19]あることは、すぐれたる御房《ごばう》[20]ぞかし」とこそほめたまひけれ。まことにうけたまはりしに、をかしうこそ

1 仏事。大乗の教え。
2 年をとってからは。
3 俗名は大江定基《さだもと》。蔵人、図書頭《ずしよのかみ》を経て三河守。後に出家した平安中期の入宋《につそう》僧。法名は寂照《じやくしよう》。円通《えんつう》大師。
4 正しくは入宋のこと。
5 旅立つ人に餞別を渡したり、送別の宴を催したりすること。
6 法会で講経の任にあたる僧。
7 高階成忠《たかしなのなりただ》の子。「法橋」は僧の位。五位の殿上人に准じ、僧官の律師に相当する位である。
8 菩提心。
9 「神分」は法会の時におこなう儀式で経を読誦するもの。神に捧げるための経文。ここでは『般若心経』を読誦する。
10 導師が法会の趣旨を書いた文を仏前で読みあげ、三宝および参会者に知らせる。
11 清範（九六二〜九九九）。平安中期の興福寺僧。『枕草子』「小白川といふ所は」に「朝座の講師清範、高座の上も光り満ちたる心地して、いみじうぞあるや」とある。ほかにも『今昔物語集』、『古事談』に記述がある。文殊菩薩の化身との逸話が残る説教の名人。
12 亡き愛犬のため。
13 同格くらいの説教者。仏教の教義をわかりやすく説経する者。
14 誰にも知られないようにして。
15 死んだ犬の霊魂。
16 蓮の花の形に作られた仏や菩薩の台座。往生した者が座る。
17 「ワン」「ワオーン」というような

荘厳な法会が繰り広げられる『源氏物語』の絵巻（メトロポリタン美術館所蔵）
『源氏物語』「賢木」巻における法華八講。法華八講は、『法華経』８巻を８座に分け、１日を朝夕の２座に分けて１巻ずつ、４日間で講じる法会。

さぶらひしか。これはまた、聴聞衆《ちやうもんしゆう》ども、さざと笑ひてまかりにき。いと軽々《きやうきやう》なる往生人《わうじやうにん》なりや。また、[21]無《む》下《げ》のよしなしごとにはべれど、人の[22]かどかどしく、魂あることの興《きよう》ありて、優《いう》におぼえはべりしかばなり。

犬の鳴き声の擬声語。
18ほかの人。
19機転に富んだ才覚の働くこと。
20「ご」は接頭語。僧の敬称。
21たわいもない話。
22才気があって賢い。

コラム——ポーランドとヤギェロン大学の学生たち

二〇二一年秋、第一八回ショパン国際ピアノ・コンクールが開催されたのをご存知の方もいらっしゃるのではないでしょうか。本来は五年に一度の開催なので、二〇二〇年開催予定だったのですが、コロナウイルス感染症の世界的流行で延期。会場となるポーランド国立ワルシャワ・フィルハーモニーは、毎回海外からの（特に日本からの）聴衆で座席確保が困難なので、現地のポーランド人や私もテレビやラジオで楽しむのが慣例です。今ではポーランドに行かなくてもインターネットで予選から演奏を楽しむこともできるので便利になりました。二〇二一年は日本人が二人も受賞するという快挙となりました。

このようにポーランドといえば、ショパンを想起する方が多いのではないでしょうか。ほかにはノーベル賞を受賞したキューリ婦人、天文学者で地動説のコペルニクス、ポーランドの民主化を率いたワレサ大統領（原語の苗字は「Wałęsa（ヴァヴェンサ）」なので正式にはヴァヴェンサ大統領というのだが、ポーランド語独自の表記を明記しないで日本では報道されたため「ワレサ」大統領という名前で通っている）、二〇一八年にノーベル文学賞を受賞した作家オルガ・トカルチュクがあげられます。彼女は二〇二一年秋にはヤギェロン大学から名誉博士の称号を受けました。

ポーランドには悲しい歴史を今でも残すアウシュビッツもあります。アウシュビッツはドイツ語名であってポーランドではオシフェンチムという名前の町にあります。一九八九年までは社会主義国家であったため、今でも社会主義時代の困難な生活について耳にすることも多いです。世代的にロシア語が理解できるのもその時の教育の名残でもあります。ヨーロッパに住んでからは、周辺諸国の世界史にも詳しくなりました。

現在の学生は二〇〇〇年生まれの学生がほとんどですので、ポーランドが社会主義であったのは祖父母の世代という感覚です。二〇〇四年には欧州連合（EU）にも加盟してヨーロッパとして発展を遂げる国でありますが、最近ではEU法をめぐって国内法との問題を指摘され、司法の独立をめぐるEUとポーランドとの対立も見え隠れしています。

私は二〇〇九年からヤギェロン大学文献学部東洋学研究所日本・中国学科の専任教員として赴任しています。ヤギエロン大学（ヤギェウォ大学とも表記）は、ポーランドの古都クラクフにある国内最古の大学です。医学部も含む総合大学としてキャンパスも点在しており、町を歩いていると大学関連の建物を至るところで見ることができ、まさに中世の大学都市のような雰囲気です。コペルニクスなど有名な卒業生を多く輩出した大学の創立はなんと一三六四年です。日本だと室町時代、『徒然草』が出た後、ちょうど『新拾遺和歌集』が成立した頃です。あまりにも歴史がありすぎて現実味がなくなるほどです。

二〇二一年九月からは東京にある国際基督教大学に異動したのですが、感染対策でオンラインが充実して、日本か

日本学科修士２年の学生たち（2012年）
（撮影：園山千里）
現代日本文学の翻訳・普及事業（JLPP）から本が寄贈されました。日本文学の翻訳本が読めるのは彼らにとってはとても嬉しいことです。写真に写っている学生たちは、現在はさまざまな国や地域で活躍しています。

日本学科修士２年の学生たち（2018年）
（撮影：園山千里）
東京国立博物館から図録をプレゼントされた時の記念の写真です。大喜びで図録に夢中になりました。授業は対話を重視した少人数でアットホームな雰囲気でおこなわれます。

らヤギェロン大学の授業や論文指導もしています。数年前には海外の大学との兼任など想像もできなかったのですが、随分と世界は狭くなったと肌で感じます。日本学科は日本語や日本学研究をしたい学生が集まってくるところです。入学する理由はさまざまで、日本のアニメをみて日本語を勉強したくなった、漢字に魅力を感じた、難しい言語だから挑戦したかった、明治の作家が好きになったから、という意見があがります。しかし、どの学生にも共通するのは大変勉強熱心で高校でもトップクラスだった学生ばかりであること。日本のような入学試験はなく、高校卒業判定試験（マトゥーラ）の点数や書類で大学入学が決まるのですが、日本学科が求めるポイントは高く、競争率は大変なものです。彼らの出身地をみると、ポーランド南部が多く、南地方に住んでいる優秀な学生がヤギェロン大学に進学する傾向があります（北部の優秀な学生はワルシャワ大学へ）。ポーランドはボローニャ・プロセスに加盟しており、学士三年、修士二年という組み合わせになっています。日本学科は勉強が多忙であることが有名で、朝から夕方まで必修科目がびっしり埋まっています。なかには成績がおもわしくなく、途中で進路を変える学生も一定数います。かなりハードな学生生活ですが、彼らには在学中に日本に留学するという大きな目標があります。修士課程まで進むと留学を希望する学生のほとんどに短期・長期の留学の機会があります。もし皆さんの大学にポーランドから来た学生がいたらぜひ声を掛けていろいろな話をしてみてくださいね。

補注

ポーランドに関するコラムは二〇二一年十月に書いたものです。それ以降、ロシアによるウクライナ侵攻があり、ポーランドも大きな影響を受けています。ポーランドいる友人や学生からは、ウクライナの人々を支援するためのボランティア活動をしていると聞いています。世界の平和を考え、祈る日が続いています。

（園山千里）

コラム――日本文学研究から世界をみることのおもしろさ

ワルシャワ大学に留学したのは後期課程在学中の大学院生の頃です。海外での日本学研究がどのようなものか調べたいという目的以外にも、研究室には様々な国からの留学生が来ていたこともあり、彼らが日本にくるのなら私が代わりに行ってみてもいいのではないかという関心もありました。彼らがどのように日本に興味を持ち、日本語を勉強して、訪日することになったのか。それには同じように学生の身分でいかないといけないと考え、事前にワルシャワ大学に下見まで行きました。その時、お会いした教授とは留学中の指導だけでなく、今では家族ぐるみのお付き合いが続いています。もともと学部生の頃からぼんやりと留学には興味はあったのですが、語学留学ではなく、専門的な留学を求めていたら後期課程になっていたのも結果的によかったです。留学先にはアメリカ、フランス、タイなど希望する国がいくつかありました。その中でもワルシャワ大学のあるポーランドを選んだのは本当に「縁」だと思います。

十カ月ほどの短い留学を終えて帰国。日本において博士の学位を取得した後は、二〇〇九年からポーランド南部のクラクフにあるヤギェロン大学に勤務しています（現在の状況については別コラムを参照）。クラクフには日本美術技術博物館マンガ館があり、フェリクス・ヤシェンスキの日本美術の収集品をみることができます。ミュージアムに「マンガ」と付いているのはフェリクスの愛称です。二〇二〇年にはすみだ北斎美術館と友好協力協定を締結した記念で、日本でも展示がおこなわれていました。私は残念ながら国境閉鎖で日本に戻れない時期と重なって、東京での展示をみることができませんでした。マンガ館は映画監督アンジェイ・ワイダが設立に奮闘して、日本とクラクフとで資金援助のために尽力されたことは現地ではよく知られています。ヴァヴェル城を見渡すビスワ川沿いに位置するマンガ館は、まさにポーランドと日本との懸け橋になっています。日本人として、日本のコレクションが遠く離れたポーランドで大切に扱われているのは嬉しい限りです。毎年創立記念には盛大なパーティが開かれ、その時にはアンジェイ・

ヤギェロン大学本部（撮影：園山千里）
大学の要となる本部はクラクフ旧市街に位置します。1978年にはクラクフ歴史地区として世界遺産となっています。

ヤギェロン大学・コレギウムマイウスの中庭（撮影：園山千里）
14世紀にたてられた建物で、現在は博物館となっていますが、儀式などでは使われています。2019年６月には秋篠宮ご夫妻が、日本ポーランド国交樹立100周年でポーランドを訪問され、ヤギェロン大学も視察されました。

ワイダ監督ご夫妻も訪れ、ケーキでお祝いするのが恒例でした。ワイダ監督が亡くなった後も、夫人が訪問され、アットホームな会が行なわれています。

マンガの話だけでもポーランドが親日国であることはなんとなく感じたと思いますが、ポーランド国内には日本学専攻の国立大学がいくつかあります。その中でもワルシャワ大学とヤギェロン大学は国内トップレベルです。私は日本文学の専門家として古典文学の授業を担当しています。日本にいる同分野の研究者からは日本文学専門なのになぜ海外にいるのか、研究がおろそかになるのではないか、なぜ東欧なのか、心配されたり、不可思議に思われたり、いろいろ説明しても今でも理解されないこともあります。もう理解されなくてもいいかなという境地にも達しました。日本を離れてよかった点としては、日本文学は日本だけのものではなく、世界文学の視点が必要であるということを実践しながら学んだということです。ポーランド文学も読めるようになりました。私は比較文学の研究者ではありません。ゆるぎない自分の専門があってそれを軸にして、ほかの国の文学も捉えながら相対的に、日本古典文学をみていくことに面白さを感じています。これは海外に出ないと得られないことだったと思います。

二〇一九年には、『Poetyka i pragmatyka pieśni waka w dworskiej komunikacji literackiej okres Heian (794-1185)(平安時代の宮廷文学における和歌の詩法と実態)』(ヤギェロン大学出版)をポーランド語で執筆しました[1]。ポーランドだけでなく、ドイツやフランス、スペインなどには研究と教育の質を公に保証する教授資格ハビリタチィア・ハビリタチオン(英語ではHabilitation)という学位制度があります。この本は教授資格論文で、長い審査の後、二〇二〇年七月に教授資格の学位が授与されました。十年余りのポーランドでの研究成果を単著という形で残せ、希少な学位が取得できたのは光栄に思います。

海外では日本古典文学とは何か、まずはそこから始めないといけないのですが、おかげで自分の研究を客観視することも可能となりました。ヨーロッパの大学では研究成果を市民社会に還元するということがかなり要求されます。私もポーランド国内では講演や特別講義に積極的に関わりました。二〇一九年三月には日本国際交流基金の事業でロシアに招聘され、モスクワとサンクトペテルブルクで日本文学について講演をする機会にも恵まれました。今では視野はさらに広がり、最近では世界各国の日本学研究に注目しています。

(園山千里)

注

(1) ポーランド語なので日本で読める人は少ないです。沼野充義氏が書評(『立教大学日本文学』第一二六号、二〇二一年七月)を書いてくださったので、もしご興味がありましたらご覧ください。

■ 著者紹介

小山利彦（こやま　としひこ）
専修大学名誉教授　博士（文学）
『王朝文学と東ユーラシア文化』（編著、武蔵野書院、2015）、『王朝文学を彩る軌跡』（編著、武蔵野書院、2014）、『源氏物語と皇権の風景』（大修館書店、2010）、『CD-ROM　源氏物語　The Tale of Genji　上・下』（富士通SSL、1996）、『源氏物語　宮廷行事の展開』（おうふう、1991）

原　豊二（はら　とよじ）
天理大学教授　博士（文学）
『「女」が語る平安文学　『無名草子』からはじまる卒論のための基礎知識』（編著、和泉書院、2021）、『スサノオの唄　山陰地方の文学風景』（今井出版、2020）、『日本文学概論ノート　古典編』（武蔵野書院、2018）、『源氏物語文化論』（新典社、2014）、『源氏物語と王朝文化誌史』（勉誠出版、2006）

園山千里（そのやま　せんり）
国際基督教大学准教授、ポーランド国立ヤギェロン大学Habilitation（教授資格）付き准教授　博士（文学）
『Poetyka i pragmatyka pieśni waka w dworskiej komunikacji literackiej okresu Heian (794-1185)』（ポーランド語による執筆・日本語訳『平安時代の宮廷文学における和歌の詩法と実態』単著、ヤギェロン大学出版、2019）、『Japanese Civilization: Tokens and Manifestations』（編著、Academic Publisher、2019）、「『落窪物語』における手紙と和歌との考察」（共著、『王朝文学を彩る軌跡』武蔵野書院、2014）、「『枕草子』と「法華八講」―法華八講の歴史から」（共著、古代中世文学論考刊行会『古代中世文学論考』第25集、新典社、2011）

菅原郁子（すがわら　いくこ）
文教大学専任講師　博士（文学）
『『源氏物語』の伝来と享受の研究』（武蔵野書院、2016）、「伝周桂筆『源氏物語』の様相―胡蝶巻を中心に―」（科研費19K13063「新出資料紅梅文庫旧蔵本を中心とした三条西家本源氏物語本文の再構築に関する研究」、研究代表者：実践女子大学・上野英子編『室町時代源氏物語本文史の研究―紅梅文庫旧蔵本を中心に―』（令和元年度～令和四年度）報告書、2022）、「米国議会図書館所蔵『源氏物語』の本文の様相―空蝉巻を中心に―」（『文教大学国文』50号、2021）、「米国議会図書館所蔵『源氏物語』の本文の様相―若紫巻を中心に―」（『國學院雜誌』119巻7号、2018）、「菊亭文庫蔵『源氏詞書』考―東京国立博物館蔵『源氏詞書』との連関―」（『藝文研究』103号、2017）、「藤壺の造型―尊子内親王の系譜との関わり―」（『王朝文学を彩る軌跡』武蔵野書院、2014）

視て語る王朝散文選

An Anthology of Japanese Court Prose in the Imperial Period—Beheld and Recounted

二〇二三年五月三一日初版第一刷発行

（検印省略）

編著者　小山利彦
　　　　原　豊二

著　者　園山千里
　　　　菅原郁子

発行者　廣橋研三

印刷・製本　遊文舍

〒五四三－〇〇三七
大阪市天王寺区上之宮町七－六

発行所　有限会社　和泉書院

電話　〇六－六七七一－一四六七
振替　〇〇九七〇－八－一五〇四三

ISBN978-4-7576-1057-6 C0093